霧社の花嫁

戦後も台湾に留まって

杉本朋美

草風館

本書の主人公・フミエ
(2001年)

結婚式(1939年/
下山家提供)

現在の仁愛郷

マレッパ時代
(下山家提供)

家族全員集合（2002 年）

◎霧社の花嫁◎目次◎

〈お断り〉

＊本書には、現代では不適切とされる表現（蕃人、蕃刀など）を使用しているが、これらはかつて通例として使われていた表現であり、著者に差別的意図はない。

＊地名は、取材協力者たちの発言のまま（主に日本時代の呼び方）とした。戦後、霧社は「台湾省南投縣仁愛郷大同村」、マレッパは「仁愛郷力行村」と、改められている。

第一章　霧社との出会い

再会

朝、出勤すると、タッタンとタイムレコーダーの打刻を済ませ、自分の名札を探す。今日の売り場はどこかしら。名札をめくり、担当する売り場を確かめる。

地下の食料品売り場、なかでも菓子屋は忙しい。六階の特売場も、まあ忙しいほうだ。高級な着物や布地を扱う三階は、客は少ないけれど一品あたりのお金が大きい。でも、どの売り場に就こうが、仕事は同じ。出納の係から、つり銭の入った重い袋をふたつ渡され、階段に向かう。売り場に着くと、まっ先にレジスターを覆う幕をはずし、慣れた手つきでつり銭を整えてゆく。

日本橋のデパート白木屋に勤めるフミヱの担当は、レジスター。客と直接やり取りすることはない。客の選んだ品物を店員がレジに運ぶのを待ち、値段を打つ。そして金を受け取る。フミヱはこの仕事を気にいっていた。結婚なんてせず、できれば一生働いて、自分の力で生活していきたい。大きな声には出さないが、常々そう思っていた。


井上フミヱ、大正四年（一九一五）生まれ、二十三歳。この仕事を始めて五年目になる。長女であるフミヱは、一家の稼ぎ頭だ。父の昌《さかえ》は、若いころ時事新報社に勤めていたが、フミヱが五歳のとき、家族を伴い警察官として台湾へ渡り、帰国後は隠居の身となっていた。妹や上の弟はすでに社会人となっていたが、それでもフミヱは毎月、封を切らない給料袋を母の喜久《きく》に渡していた。家の手伝いや花嫁修業を強要することなく仕事をさせてくれる親への感謝の気持ちもあった。

休みの日といえば、たいがい家で過ごすのが常である。朝はゆっくりと起き、洗濯をし、あとは心ゆくまで読書にひたる。おしゃべりの上手な母よりも、無口で出不精な父に似たらしい。フミヱは、外よりも家のなか、大勢でわいわい騒ぐよりも一人で本を読む、そんな静かな時間が好きだった。けれど、白木屋に限らず、デパートの定休日はどこも「八」のつく日で、日本橋の三越に勤める同い歳の従姉妹えーちゃんに誘われて映画を観に出かける休日もたまにある。

ある日、レジスターの前に座るフミヱに、声をかけてくる若い二人の男性がいた。

「もしかして、フミヱさんではありませんか」

見覚えのある顔だった。台湾で、小学校一年から高等科の一年まで机を並べともに学んだ同級生の下山宏と佐塚昌男《よしお》。およそ十年ぶりの再会だ。

かつてフミヱの父が赴任したのは、台湾の僻地ともいわれる、霧社《むしゃ》を中心とする能高《のうこう》郡の山里であった。霧社は三千メートル級の山々に囲まれ、その一帯には点々と警察の駐在所が設けられていた。親が山岳地の駐在所に勤務するあいだ、就学年齢に達した子供たちは、小学校のある霧社で寄宿生活をおくらねばならない。そのためフミヱは、高等科のある埔里《ほり》の寄宿舎に移るまで、父が山地勤務に就いているあいだもずっと霧社で暮らしていた。

山のなかの小学校は、顔ぶれがそうそう変わらない。日本から赴任してきた教員と、日本人の子女。

そして特例として、日本人と同じように教育されることを強いられた山の子供たち。一学年あたりの生徒は、だいたい五、六人ほど。なかでも、下山宏の家とフミヱの家は霧社で一軒置いた隣同士の時期もあり、雨上がりの午後などは、両家の子供たちがいっせいに、わあっと裸足で表に飛び出して遊んだものだ。

高等科の途中で日本に戻ったフミヱにとって、霧社は子供時代の思い出がぎゅうぎゅうに詰まった、自らの芯を育てたともいえる土地だった。

その日、宏と昌男はフミヱの勤務が終わるのを待ち、三人で夕食をともにした。彼らは兵役のため日本に滞在しているとのことだった。お互いの近況を話すなか、宏は、幼なじみが今も独身であることを確かめる。

幼少時代

日本は清国との争いの末、明治二十八年（一八九五）四月、東シナ海の南に浮かぶ台湾を植民地とする条約を結んだ。翌月には台湾へ兵を派遣し、占領の一歩を踏み出す。六月、台北の占領に成功。台湾民衆の激しい抵抗や、亜熱帯と熱帯の気候、マラリアの蔓延などと戦いながらも、その年の十一月には、全島占領を宣言するにいたる。

しかし、台湾に住む人々と日本のあいだには、その後も各地で、大きな反乱、小さな反乱が繰り返されていた。日本は台湾の植民地化を図るなかで、むろん治安に手を抜くはずがない。方々で、海の向こうに赴任する警察官を募った。無口で気難しい父がなぜ新聞社を辞め、台湾の警察官になる道を選んだのか、当時五歳だったフミヱにはわからない。「社内で喧嘩したため」と聞いたこともあるような気がするが、本当の理由はなんだったのだろう。家族を養うために、仕方なく、なのか。それとも、父なりに思うところがあったのだろうか。幼いフミヱは、そんな疑問を頭に浮かべることすらなかった。父は兵隊、母は看護婦として、ともに日露戦争に従軍した経験がある。少なくとも、戦闘の実践がある軍隊出身という父の経歴は、この新しい職に就くのに有利であったに違いない。フミヱたち一家が台湾に移り住んだのは、統治が始まって四半世紀になるころ。当時、台湾には一万人を超える地方警察職員がいた。日本政府は、銃を持った警察官を投入し、台湾、特に台湾山岳地を治めようと躍起になっていた。

霧社近郊の山々は、先住の民が暮らす里である。彼らは山を知り尽くし、この地に日本人が入るにはたいそう難を極めたそうな。山里を征服した後《あと》も、山の民と日本人が対立する場面は絶えなかったという。この山岳地一帯を手厚く武装する政策だったのだろう、先住民の居住区を「蕃地」と呼び、駐在所を設け、平地以上の警備で臨んだ。三千メートル級の山々にまで警察行政を布くなど、世界に例を見ないといわれる措置だった。この地に限らず、台湾各所に点在する先住民の村では同じように、日本とそこに暮らす者の対立があった。統治の開始から昭和元年まで「蕃害」で死亡したとされる警察官は、巡査と警手（巡査の助手）に限っても、その数二千名以上。里の征服にいたるまでの死亡者数は正確でなかろうし、また、報告にのぼらない死亡者もいただろう。日本の警察と先住民のあいだで実際に流された血の量は計り知れない。先住の民が暮らす里に赴任する日本人警察官は命がけだったのだ。父が赴任した山里も、表面上は安寧な秩序を保っているように見えても、完全に蜂起の芽を摘み取ったとは言い難い時勢であったはず。現に、一家が台湾に住み始めた当時も、各地から続々と「蕃害」の報告が届いており、大正九年には後世に名の残るサラマオ事件が起きている。

フミヱの下には、春代《はるよ》、昌三《まさぞう》、トメ子、ヨシヱ（ともに表記不明）、修《おさむ》と、きょうだいが次々と生まれたが、トメ子とヨシヱは生まれて間もなく台湾に住む日本人にひきとられていった。生まれてくる子が女の子だったら、養女にあげる。そんな約束が交わされた時代だった。

父は数年ごとに勤務地を変えた。霧社勤務のときもあれば、山の駐在所に勤務のときもある。フミヱたちきょうだいが親と離れて暮らす時間は長かった。けれど、寂しさを感じることはあまりない。霧社小学校の寄宿舎には同じような境遇の子供たちがいたし、夏休みや正月休みには両親のもとに行くことができる。炊事や洗濯などは、平地人（台湾人）のおじさんとおばさんが世話してくれるから、身のまわりで困ることもない。学校から帰り、夕ご飯を食べて、お風呂に入り、そのあと近所に住む学校の先生に一時間ほど勉強をみてもらい、あっという間に一日が終わる。

それにフミヱには、寄宿舎には住んでいない友達もいた。高山初子と川野花子だ。下山宏や佐塚昌男と同じく、フミヱの同級生である。二人はそれぞれ、オビンタダオ、オビンナウイという、山の名前ももっていた。初子と花子というのは、日本人によってつけられた名前で、彼女たちは地元先住民の娘だった。

この時代、台湾の初等教育において、原則、日本人には小学校（六年制）、平地の台湾人には公学校（六年制）、先住民には蕃童教育所（四年制）が設けられていた。大人の世界のみならず、教育の場、子供の世界においても「日本人」「平地人」「山地人」の棲み分けがあったのだ。そしてそれぞれの子弟に、日本語をはじめ、日本的思想、日本的礼儀作法をとことん叩き込み、くまなく台湾を日本化する教育を行っていた。

霧社には、日本人が通う小学校と、山地人の通う公学校があった。この公学校は、先住民の子供たちが通う台湾でも稀な公学校であり、少数ながら漢民族の子弟も在学していた。霧社まで通えない先住民の子供のためには、山のなかに蕃童教育所が置かれた。初子と花子はもともと公学校に通っていたが、四年生を終えると、日本人巡査の勧めがあり、フミヱたちの学ぶ小学校の三年生に席を並べるようになる。日本の着物を着て、日本語を話し、同じ教室で学ぶ彼女らは、フミヱにとって、差別の対象とはならなかった。ほかの山地人の子供たちと接する機会はほとんどなかったが、初子や花子と一緒に遊んだ思い出はたんとある。


よーく、初子さんや花子さんの家にね、泊まりに行きました。家はサクラのほうにあってね、霧社から一時間くらいかかるの。みかんがたあーくさん植えてあって、自分の家のみかんはどこにあるって、ちゃんと決まっているでしょ。勝手にとれないでしょ。だから、一緒にみかんとったりね。あと、鬼ごっこしたり、かくれんぼしたり。帰れないから泊まったんじゃなくてね、最初から泊まるつもりで遊びに行くの。

父が霧社で勤務しているときは、通りの一角に集まった警察官宿舎の一軒が我が家となった。夕ご飯が済むと、決まって父は子供たちを散歩に連れ出したものだ。

〽ここは御国を何百里
　離れて遠き満州の
　赤い夕日に照らされて
　友は野末の石の下

普段は口に鍵がかかっているのかと思うほど静かな父が、このときばかりは歌をうたってくれた。フミヱ、春代、昌三、修、そして父。五人で向かうのは、家の前の一本道をまっすぐ進んだ先にある、桜台という原っぱ。なーんにもない、原っぱだ。

夕暮れ色に染まった空の下で日本の軍歌が響いた。

日が沈むころ家に帰ると、食事の片付けを終えた母がいつも待っていた。

勉強のできたフミヱは、将来学校の先生になりたいと思っていた。「台湾は日本」であっても、ずっとこの島で暮らす人生など考えもしなかった。ある程度の勤めを終えたら日本に帰る、父もそのつもりだろう。小学校を卒業したフミヱはほかの同級生と同じように埔里の高等科に進んだが、日本の師範学校に入りたいと、一年生を終えたのち、台湾を離れることになった。

人生には、「なんと奇遇な」と思う出会いがあるもので、でも、それは時を経て、振り返ってみなければわからないことも往々にしてある。

台湾の春は、日本の初夏よりも暑いくらいだ。十四歳になる年の春、フミヱは基隆《きりゅう》の港から出る日本行きの船に乗るため、ひとまず台中へ向かっていた。知り合いの上島のおばさんたちと一緒に、埔里発の製糖工場の台車（屋根のない軽便鉄道）に揺られているとき、偶然、後ろの台車から、幼なじみの少年がその背を見ていた。フミヱより一学年上の彼は、台中師範学校に入学するため、台中に出るところだった。埔里から台中は、台車で行けるような距離ではない。台車を降りると、二水《にすい》駅まで小さな汽車で、そこから先は本線の汽車に乗って、一日がかりの移動となる。少年は上島のおばさんとも顔なじみで、途中からフミヱたちと道中をともにした。

あの日は、汗ばむほど暑い日だったのかどうか、そんなことは忘れてしまったが、あとから思えば「なんと奇遇な」という出会いが、確かにあの日、あった。

日本に戻ったフミヱは、東京・荏原の井上のおじさん宅で下宿生活を始めた。苗字は同じ「井上」だが、血縁関係はない。父の時事新報社時代からの友人である。井上夫妻には、フミヱが「姉さん」

と呼んで親しむひとり娘・美津子がいたが、彼らはフミヱを本当の娘のようにかわいがってくれた。

地元の高等科二年に編入学し、念願の師範学校を受験するが、結果は不合格。勉強はできたが、運動がだめだったのではないかとフミヱは思っている。小さいころは痩せており、かけっこの大好きな少女だったが、高等科に入学したあたりから、寄宿舎の栄養がよすぎたせいだろうか、体に肉がつきだした。身長五尺ちょっとで、体重十六貫。入学試験に課せられた「走り」が、思うようにならなかったのが残念だ。

師範学校への進学は断念したけれど、かといって、いまさら台湾に戻りたいとも思わない。そこで、まだ入学願書を受け付けている近所の洗足高等女学校三年生の編入学試験を受けることにした。勉強は手を抜いていなかったから、学科試験は難しくない。晴れて、合格。井上のおじさん宅から通う女学校生活が始まった。国語、算数、理科、地理、歴史、これらの勉強はいわば高等科の続きのようなもので、十分ついていける。問題は、英語だった。なにせ今までの学校では英語なんて触れたことがない。それを、すでに二年間勉強してきた級友たちとともに学ぶのだ。勉強好きのフミヱにも、英語だけは苦手科目となった。


昭和五年（一九三〇）、フミヱが新しい学校生活を謳歌するころ、妹・春代は埔里の高等科一年生、上の弟・昌三は霧社の小学校六年生として、それぞれ寄宿舎生活をおくっていた。下の弟・修はまだ幼く、三角峰《さんかくほう》の駐在所に勤務する両親とともに暮らしていた。フミヱは海の向こうの家族と連絡とるため、手紙をやりとりする日々でもあった。

このころ台湾では、山の治安も落ち着きを見せていた。もう弾けることなどないと次々に吹き出される植民地支配のシャボン玉。しかし、シャボン玉は、昭和五年の十月二十七日、パチリと弾けた。一見して日本化政策を受け入れているかのように見えた、霧社近隣のセイダッカ（タイヤル人）約三百人が銃と「蕃刀」を手に武力蜂起したのだ。マヘボ駐在所を皮切りに、霧社管内の駐在所を次々と襲い、ついには、その日運動会のため霧社公学校に集まっていた日本人を大量に虐殺した。この運動会は、小学校、公学校、蕃童教育所合同の地域最大の行事で、生徒をはじめ、遠方からも父兄、来賓たちが多数集まっていた。開会式の「君が代」斉唱がまさに始まろうとしたとき、事件は起こった。平地人、山地人、日本人が揃うなかで、日本人ばかりがねらわれた。男も、女も、幼児も、年寄りも、区別はない。とにかく、日本人が殺された。なかには和服を着ていたために日本人と勘違いされ、あわや殺されかけたが、とっさのところで山の言葉を叫び命拾いした山地人もいた。生活向上や近代化というお題目を盾に、身勝手な夢をのせてシャボン玉を吹き続けた日本が浴びた冷や水だった。

この事件は東京に住むフミヱもすぐに知ることとなる。

連日、新聞が事件を報じた。

運動会には、昌三がいたはずだ。山の駐在所も狙われたそうではないか。みんな、生きているだろうか。春代は埔里にいるはずだが、埔里は安全なのか。一人、気を揉むしかなかった。

やがて、フミヱのもとにあるニュースが伝わった。──井上家は、家族のなかで一人だけ助かった者がいるらしい。あとはみんな殺された。それから、こんな情報も加わった。──父、母ともに殺され、男の子一人だけが助かった。

フミヱには腹違いの兄がいた。名前は、昌一《しょういち》。小さいときから奉公に出され、フミヱたちとは別々に育っていた。麻布の第三連隊に所属する昌一は、一家の消息を知るため、ただちに台湾へ向かう。「もしも本当に男の子が一人だけ生き残っているとしたら、すぐに日本へ連れて帰りなさい。私には子供がいないから、私が自分の養子として育てよう」。上官は、昌一にそう告げていた。

幸運なことに、昌一は埔里に着き、井上の家族全員が無事であることを知る。直接会えたわけではないが、それを確かめただけで昌一は台湾をあとにする。

実は事件のとき、妹の春代は体調を崩し、埔里ではなく三角峰の両親のもとにいたらしい。運動会の翌朝、三角峰の駐在所も山地人の襲撃にあったが、幸い、銃、銃剣、弾薬、衣服などを略奪されただけで、家族の命まで奪われることはなかった。父は近隣の駐在所から事前に連絡を受け、母、春代、修を連れて、着の身着のまま三角峰を下っていたのだ。ずいぶんと歩き、やっと翌日の夜たどり着いたタウツァーで山地人に出くわし、父はその山地人の背に鉄砲を押し当て、知り合いの警察官コジマさんのもとに案内させたという。タウツァーは日本への蜂起に参加していない集落だった。

弟の昌三は、公学校校長の官舎に逃げ込んだそうだ。折り重なる死体の海のなかで、昌三は冷たくなった日本人医師の袴のなかに頭を隠し、死んだふりをした。生き残りの日本人はいないかと血眼になって探す山地人がやってきても、身動きひとつせず、なんとか命を繋いだという。数年後一家が日本に引き揚げてからも、母は、「この子の体が弱いのは、死んだ人の血をいっぱい浴びたからだ」とたびたび口にした。

これものちに聞いたのだが、幼友達の初子や花子も事件の犠牲者となっていた。彼女らは日本人巡査に勧められ、埔里の高等科を一年余で退学し、初子は二郎、花子は一郎という男性とそれぞれ結婚していた。二郎も一郎も、日本人の学校で、模範的な山地人として教育された若者だった。フミヱの山の友達は、もともと彼らの花嫁候補として小学校に通わされていたともいえよう。二組の夫婦は、霧社で日本式の結婚式を挙げ、日本様式に包まれて生活する山の民となっていた。事件当日、初子と花子はいつものように日本髪を結い、日本の着物を着て、運動会場である霧社公学校に向かっていたという。その日、運動会場で四人の命が奪われることはなかった。けれど結局、日本人とタイヤル人の狭間に生きる彼らは、自らの意思で死の道を選ぶ。いや、選ぶではなく、選ばされたといったほうがよいのか。ただ、身重の初子だけが霧社に残された。

かつて花子たちとミカン狩りを楽しんだあの時間は、もう帰ってこない。フミヱのなかの記憶の箱にしまわれた。

この事件は、通称「霧社事件」といわれている。

ひとまずのかたちで事が落ち着くまで、ひと月余りを要した。日本人の死者は百三十人を越え、事件を鎮圧するため投入された警察、軍隊は二千人以上。日本人だけでは手に負えず、山地人同士を戦わせる策もとった。事件にからんで死んだ山地人は約千名。事件に関与した疑いのある山地人には、日本から徹底した「報復」が加えられた。さらには、日本軍による毒ガス使用の疑いも残っている。山地人の帰順が順調に進んでいると思われた土地で起こり、武器の点でも人の数でも圧倒的に有利なはずの日本側が苦戦を強いられたこの事件は、その後の山地統治に大きな影響を与えた。そして、霧社一帯に生きる山の人々に後世まで癒えることのない傷を残した。

事件後も、フミヱの父は霧社近郊の駐在所に勤務する。

しかし、病を患ったこともあり、やがて家族を連れて東京に引き揚げるのであった。

娘時代

女学校を終える春がやってきた。

卒業アルバムの寄せ書きには〈大和撫子　フミヱ〉の文字が刻まれた。

フミヱは、親戚のおばが開園した押上の幼稚園の先生となる。園長のおばのほかに、佐藤先生、小笠原先生という、女の先生が二人。フミヱは一番若かったが、住み込みでがんばった。毎日、小さな子供相手にうたったり踊ったりの忙しい毎日だ。休みの日には、ほかの先生たちと三原山へピクニックに行き、ラクダに乗ったりもした。まさに青春の花開く時間だった。皇太子明仁が誕生したのもこのころである。


あのときはねえ、日本中がお祝いしましたね。今、天皇陛下はおいくつになられましたか。ああ、そう。そうね、それくらいね。幼稚園でもお祝いしましたよ。あと、提灯行列を見たりしてねえ。ずーっとなかったでしょ、子供さんが、男の子がね。あのころは、どこに行ってもその話題ばっかりでした。

幼稚園に二年間勤めたあと、フミヱは新聞の求人欄に目をとめた。それは、デパート白木屋の女子店員募集だった。フミヱはすでに帰国していた父に、ここで働きたいと相談をする。

白木屋への就職は、難なく決まった。フミヱが「ソウサのおじさん」と呼ぶ、父の従兄弟、軍人ソウサタネツグ（表記不明）氏の口利きがあったからだ。世間の付き合いをあまり好まない父も、氏の家への訪問は厭わないというほど仲がよかった。

フミヱが就いたのはレジスター係。毎日レジスターの前に座り、お金を扱う仕事だ。父に似て物静かなフミヱにはこの仕事が合っていた。レジスターの扱いは慣れれば簡単である。すぐに仕事を覚えた。

フミヱが生まれて初めて「恐ろしい事件」を身近に感じたのは、デパート勤務二年目の冬だった。朝、いつものように地元の駒込駅で、新宿の伊勢丹に勤める妹と別れ、時計回りの省線電車に乗ったときはなんの異変もなかったのだが、東京駅で降りたとたん、大勢の人が目に飛び込んできた。そのまま駅を出、日本橋に向かうと、道には警察が多数出動し、緊張する街の空気が伝わった。不安な気持ちに襲われなかったわけではないけれど、生真面目なフミヱは遅刻してはいけないと、なんとか白木屋にたどり着く。けれど、その日は結局デパートを開けられず、外に出ることすら許されなかった。

夜になり、やっと帰宅の許可が下りた。とっても寒い晩で、外に出ると吹雪が舞っていた。生まれて初めて体験する吹雪だった。帰り道、通いなれた橋を渡るとき、フミヱはなんだか知らない橋の上に立っているような心細い思いに包まれた。

この日の事件は、二・二六事件として昭和史に刻まれることになる。青年将校らが占領した永田町は、フミヱの職場から歩いて一時間ほどの距離にあった。翌日、東京市に戒厳令が布かれた。

治平とピッコタウレ

台湾は、根っこの異なる人々が暮らす島だった。

十九世紀末、日本が海を越えて台湾を支配しようとしたとき、そこには大きく分けて、大陸移住者の子孫である漢民族と、蔑称「蕃人」の名で呼ばれる先住の民がいた。先住の民は民族それぞれの文化をもち、その多くが険しい山のなかに集落を作っていた。

まず日本は、平地の民衆を鎮め、次に、山の民の統治に乗り出した。当初、特にタイヤル人やブヌン人が激しく抵抗したという。彼らには古くから首狩りという習慣があり、それも日本にとって脅威となった。だが、やがては度重なる討伐隊の派遣により、しだいに山の民は抵抗力を弱めていくのだが。

山地を治めるにあたり、日本は様々な政策を打ち出す。そのひとつが、地元勢力者の娘と、日本人警察官との政略結婚だった。なんでも、学校の開校で幼い働き手を奪われたことへの反感や、男たちが強制労働に駆り出されることへの痛み、そのほか様々な場面で山の慣習を無視した日本のやり方に怒りを募らせた住民たちが、マレッパの駐在所をまるごと焼いて警察職員を皆殺しにし、それに驚いた日本の上層部がこんな案を思いついたのだとか。いや、すでに何人もの日本人警察官の命を失い、山地の治安維持に日頃から頭を痛めていた日本側は、マレッパの駐在所が焼かれるずっと以前から、内々にこんな策を練っていたのだろう。この政略結婚は、佐久間左馬太総督の「五ケ年理蕃計画」のもと進められた。

お上によって結婚させられた夫婦は少なくとも三組いるといわれている。その第一号が、明治四十四年頃に結ばれた、タイヤル人であるマレッパ蕃頭目の娘ピッコタウレと、静岡県出身の日本人警察官である下山治平。聞くところによると、ピッコタウレには心のなかで慕うタイヤルの男性がいたそうな。それでも彼女は、日本人の妻として、警察官の妻として、恥じることなきよう夫に尽くした。

二人は、次々と子宝に恵まれる。互いに自らの意思で結ばれたのではないにせよ、ひとつ屋根のもとで寝起きするうち、情が湧いてきたのだろう。あるいは、妻が夫を、夫が妻を、一人の人間として愛し始めたのかもしれない。今となっては、想像をめぐらすしかないのだけれども。

あまたいる独身警察官のなかで、なぜ治平が、山地統治政策の主役の一人に駆り出されたのかはわからない。当時、二十代半ばの巡査。そもそも台湾へは徴兵でやってきて、蕃地討伐に参加した経験もある。少なくとも治平は、言葉も十分に通じない台湾の奥地で、情勢が一歩変われば敵となりかねない人々に囲まれ、山地の女性と上手く夫婦の営みを築けると判断された青年だったのだろう。大正八年（一九一九）には警部補に昇進している。

妻の故郷に赴任した治平は、厳しくもあるが、気前のいい警察官だったらしい。山の人々にお酒をごちそうするときは、一本、二本とケチなもてなし方をせず、どんと何本も酒瓶を並べる。黒砂糖を配るときも、缶ごと配る。この太っ腹な行いは、彼の生来の気質によるものだろう。その甲斐あってか、彼は、異郷の地でつつがなく業務を遂行していた。まあ、そもそも、治平の仕事環境は妻や妻の血縁者によって整えられていた、ともいえるのであるが。

やがて二人の結婚生活は、一人の日本人女性の出現により、大きく様を変える。女性の名は、仲子。治平の許嫁《いいなずけ》ともいわれているが、実は、異民族との結婚に大反対だった治平の親や親戚が、ピッコタウレとの結婚後、にわかに仕立てあげた許嫁だったようだ。ピッコタウレは理蕃課からの盛大な祝福を受けて「日本人の妻」となっていたが、法律上は「内縁の妻」であった。そもそも、頭目の娘と警察官のあいだのこの結婚には〈三年過ぎたら、妻を棄ててもよい〉との条件が付されていたという。治平の結婚から三年とは、ちょうど「五ケ年理蕃計画」の最終年にあたる。

治平は日本に一時帰国し、仲子と祝言を挙げ、二人で台湾に戻ってきた。当初は埔里、やがて霧社に、仲子のための家を借り、治平はマレッパの本宅と仲子の家を行き来した。しかし、ふたつの家庭を維持するのは金がかかる。そのうち治平は、仲子の希望もあって、彼女をマレッパの本宅に呼び寄せてしまう。ひとつ屋根の下、タイヤル人と日本人、二人の妻が顔を合わせて生活するわけだ。長年かかって築き上げたマレッパ蕃の平穏を脅かしかねない、治平のこの大胆で非常識な行いは、たちまち上司の知るところとなり、結局、彼は警察の職を辞す道に追い込まれるのだった。

無職となった治平は、仲子を再び埔里に移し、ピッコタウレを霧社に住まわせた。そして、しばらくは埔里で台車屋の商売をしたのち、日本へ帰国する。このとき治平は、ピッコタウレやその子供たちをどうするか、相当悩んだことだろう。彼は台湾で、ピッコタウレとのあいだに、春子、一《はじめ》、宏、敏子、昇、静子を、仲子とのあいだに三人の子供をもうけていた。

一方、ピッコタウレは治平とともに日本へ行くことを頑として拒んだ。マレッパの姫は夫と別れ、霧社に留まる決心をする。

そして大正十三年頃、下山治平は仲子とその子供だけを連れ、日本に帰っていった。これを、男の身勝手とか、国家が一人の山の娘を利用した末に遺棄したとの見方もあろう。父親のいなくなった、山の民の血と日本の血をひいた子供たちは、周囲から偏見の目で見られることもしばしばあった。だが、のちに、八十歳を超えた次女の敏子は、「あたしは、パパっ子でした。三つ子の魂ナントカっていうでしょ、あれは本当ね。あたしが、まっすぐに人生を歩いてこられたのは、小さいとき、父の愛情をたっぷりもらって育ったからだと思っているのよ」、穏やかな笑顔で、そう語っている。治平は大変な子煩悩であったらしい。彼自身、日本には二人の母がいた。父の再婚がいつのことか定かではないが、治平が幼いころに生母と離れ、父の後妻の手によって育てられたとするならば、そんな彼の生い立ちが、いっそう我が子を慈しむ男にしたのかもしれないし、息子たちをピッコタウレのもとに残していくよう心を固めさせたのかもしれない。

父のいなくなった一や宏たちは、霧社の地で、その後も、日本人としての日々を過ごす。治平が手配していった宿舎に住み、ピッコタウレは理蕃課の嘱託として毎月四十円をもらった。これは、子供を育てるのに十分な生活費を得られるよう、治平が特別に段取りした収入源だった。

井上フミヱの一家は、このころのピッコタウレと、その子供たちを間近で見ていた。

縁談

ああ、この景色には見覚えがあるような。

あの、なーんにもない原っぱと、とっても似ている。

フミヱは息を詰め、目の前のスクリーンを見つめていた。休みの日には誘われない限り表に出かけないフミヱが、珍しく一人で映画館にいた。松竹映画『故郷の廃家』を観るためだった。高峰三枝子主演、相手役は徳大寺伸。彼は、フミヱの従姉妹えーちゃんのかつての恋人で、フミヱも会ったことのある男優だ。けれど、フミヱをスクリーンに釘づけにしたのは、なによりも画面いっぱいに広がる風景だった。かつて幼いころ、夕ご飯のあと、父と一緒に夕涼みした霧社のあの原っぱ。「ここは御国の何百里……赤い夕日に照らされて〜」父とうたいながら通った、あの桜台によく似ている。霧社を離れもうずいぶん長くなるけれど、あたしはあの景色を忘れていない。フミヱは、はっきりと子供のころの記憶を呼び覚ました。

昼の回から入った映画館で、本来ならば一度観ればそれでおしまいとなるはずだったが、フミヱはどうしても席を立つことができなかった。挙句、夕方まで映画館におり、スクリーンの前で繰り返し少女時代の思い出に帰っていくのだった。

この日から、フミヱの心に、霧社を懐かしむ気持ちが宿った。

白木屋でフミヱと再会した下山宏は、ある考えを抱いていた。

フミヱさんが、兄さんの嫁に来てくれないだろうか。

幼いとき、父・治平が日本に帰国したとはいえ、その後も父親の影響力は海の向こうから届いていた。例えば、長男・一の嫁は、絶対に日本の娘でなくてはならぬ、というように。宏よりひとつ学年が上の一は高等科卒業後、台中師範学校に進み、教職に就いていた。そして、父の言いつけを守り、薦められるまま遠縁の日本女性と結婚したのだが、すぐに別れてしまった。正確にいえば、逃げられてしまったのである。新妻は、山地出身の姑を嫌悪し、台湾の田舎暮らしに馴染めなかったようだ。

その後も治平は、長男の嫁となるべく日本女性をあれこれ探したが、なかなか見つからない。一は日本人として育っていたが、「山の民の血が混じっている」そんな差別が数々の縁談を邪魔していた。

一は端整な容姿で、学もある。誠実で、誰からも好かれる青年だ。彼に恋文を寄せる女性も今までに何人かいた。一自身は、日本から嫁をもらうことにこだわっていなかったが、治平がどうしてもあきらめなかった。あれやこれやと手を尽くし、ついに縁談を受け入れてくれそうな女性を見つけ出す。

父の動きを知った宏は、父に内緒で、相手の女性の素性を調べた。長男の嫁を自分が決めたいあまり、無配慮な決断を父がしかねないことを宏は薄々感じていたようだ。案の定、相手の女性はかつて姑と折り合いが悪く離婚した経験のある、気の荒い女性らしい、ということがわかった。さっそく彼は、台湾にいる兄に手紙を書いた。〈父上の進めている縁談は……。実は、これこれこういうふうに井上フミヱさんと再会した。これこれしかじか、兄さんのお嫁さんとして……〉。

この手紙を読んだ一の気持ちは、どんなに舞い上がったことだろう。毎年、知事賞をもらうほど成績優勝で、男に負けないくらい運動ができ、とても美人な女の子。多くの男子生徒が「将来、あんな子をお嫁さんに欲しいなあ」と言っていたっけ。幼いころ、一にとっても、フミヱはあこがれの女の子であった。けれど、自分には高嶺の花、という思いもあった。彼女には純粋な日本人の血が流れており、武家の出身という家柄でもある。いくらまだ独身だからといって、自分の嫁になどきてくれるだろうか。舞い上がる気持ちの一方で、それを戒めることも一は忘れなかった。

ある日曜日、宏は入営している静岡から、父と仲子のいる東京に出向き、今進めている縁談を止めるよう嘆願した。そして、フミヱのことを持ち出した。「なにを今さら」と父は激怒したが、内心はフミヱとの縁談に大賛成だったろう。先の結婚の苦い経験がある。少しでも台湾に暮らしたことがあり、しかも一やピッコタウレを知っている娘にこしたことはない。また、世間体を気にする治平にとって、相手の家柄がどうでもいい、というわけにもいかなかったろう。治平は、「女学校を卒業している」ことを、長男の嫁の条件にもつけていた。井上フミヱとの縁談は、望むべき良縁であった。

しかし、再び白木屋に出向いた宏は、すでにフミヱが退職していることを知る。このときフミヱは、女学校時代にお世話になった井上のおじさんが川崎の京町で開いている三等郵便局（のちの特定郵便局）で働いていた。おじさんの娘婿は郵便局の仕事に向かない男で、困り果てたおじさんがフミヱに手伝ってくれるよう頼んだのだ。もともと現金の扱いに慣れていたフミヱは、すぐに三等郵便局の仕事を切り盛りするようになっていた。

この縁を逃してはならぬと、下山親子はフミヱの実家を探し訪ねる。フミヱはおじさんの家に住み込んでおり会うことが叶わなかったが、フミヱの両親とは話をすることができた。ただ、治平の期待をよそに、フミヱの父・昌の返事はそっけなかった。

「あの子には、これまでに条件のいい縁談があまた寄せられました。でも、ちっとも耳を貸さないのです。折角だが、あなたの息子さんとの結婚はあり得ないでしょうね」

一般的な、という不確かな量りを用いるならば、フミヱは一般的な娘ではないかもしれない。昭和十年代、二十歳過ぎの健康な女性が、「私は生涯結婚したくない」と強い意思をもっているのだから。自分で働いて、自分で食べていく。そう考える娘は、いかほどいるだろうか。寄せられる縁談話に見向きもしない。しまいには、自分にきた見合い話を妹に譲ってしまう始末だ。まわりの大人たちは、どんなにあきれ果てていただろう。

ところで、フミヱはあの映画を観てからというもの、来る日も来る日も、霧社のことが頭から離れないでいた。東京のようなごちゃごちゃした都会よりも、自然に囲まれた霧社のような静かな土地が自分は好きなのだ、そう感じてもいた。

「あー、霧社に行きたいねえ」

「霧社が懐かしいねえ」

いくど妹に話したことか。下山一との縁談話を聞かされたのは、そんな矢先である。彼とはちょうど十年前の春、台中駅でさよならの挨拶をして以来だった。

どんなに金持ちでも、どんなに美男子でも、どんなに将来を嘱望される相手でも、フミヱは結婚というものに興味を示したことが一度もない。はっきりと「そのつもりはない」と口にしていた。ところが、どうしたことか、一との話に関しては、いいとも、嫌とも、フミヱは言わない。両親は驚きながらも、これを「この縁談を受ける」フミヱの意思表示だととらえる。そして、縁談は進められた。

この結婚に反対した唯一の人といえば、井上のおじさん夫妻だった。実の娘は結婚し、すでに家を出ている。二人は、聡明で気心の知れたフミヱを養女にしたいと思っていた。婿をとり、ゆくゆくは郵便局のあとを継がせたい、そんな気持ちもある。それを台湾に嫁がせるなんて。夫妻が面と向かってこの縁談に水を差すことはなかったが、その心うちにフミヱが気付かぬわけはなかった。

フミヱの両親は、この結婚に反対する態度を見せなかった。息子が血を浴び、自分たちもほうほうのていで助かった霧社事件から、まだ十年も経っていない。そんな霧社に娘を嫁がせる、親の本心はどこにあったのだろう。──頑固なまでに結婚を拒んでいた娘が、一さんのもとになら嫁に行ってもいいという。霧社になら嫁に行ってもいいという。一さんは、私たちもよく知っている。小さいときから弟たちの面倒をよく看、母を支えてきた。さぞ、立派な青年になっているだろう。あの男性にならば、海を越えて娘をやってもいいのでは。

そして、肝心のフミヱの頭にあるのは、やはり霧社の風景。小さいとき、お父さんたちと歌をうたったあの場所だ。寝ても覚めても思い出されるのは、霧社のこと。ああ、もう一度、あそこに自分の足で立ってみたい。けれど、霧社に行けるのなら誰とでも結婚するというわけではない。相手があの一さんだからだ。運動も、勉強も、絵を描いても、一さんはなんでもこなす男の子だった。いつも学校の代表に選ばれて、いろんなところに行っていた。子供の目からみても、彼は優秀な人だった。顔も、普通よりきれいだし。それに、お父さんも、お母さんも、あんなに喜んでくれている。

昭和十四年（一九三九）夏、東京で下山家・井上家の結婚式が行われた。縁談話がもちあがってから、一年も経っていない。台湾で教員をしている一がまとまった休みをとり日本に来られるのは夏休みしかない、という理由もあった。

すでに日中戦争が始まっており、贅沢な祝いのできる時世ではなかったが、大森の大きな料理屋・沢田屋を借りて宴をはった。治平の招待客の顔が大勢並んだ。ただ、井上のおじさん、おばさんは、とうとう祝いの席に姿を現してはくれなかった。結婚が正式に決まり、フミヱが挨拶に行ったときも二人は不在で、きちんとお別れも告げていない。日本を離れるフミヱにとって、それが気がかりといえば気がかりだった。

新婚生活

新しい生活は、あの懐かしい山の里、霧社で始まった。一は霧社公学校の教員をしており、新婚夫婦は教員用の宿舎に住まいを構える。

ぜんぜん変わっていませんでした。家もそのまんま。道が一本で。（指でテーブルに一本線を引く）。こっちが駐在所。こっちが郵便局。これが店。こっちも店。（見えない地図を次々に描いていく）。この一本道だけ。ほかに場所がないんでしょうねえ。こっちが川。そして、こっちも川。昔のまんまでした。

家事といえば、日本では洗濯くらい。なにひとつ花嫁修業などやってこなかったフミヱにとって、台湾の田舎町で初めて体験する主婦の仕事は戸惑うことばかりだった。まず、ご飯が炊けない。それ以前に、火の用意ができない。すでにガスが普及していた東京と違い、この地では、マキを割ることから覚えなくてはならなかった。自分ではどうしようもないくらい大きなマキは夫に頼んだが、マキ割りは女の仕事だった。たいまつにマッチの火をつけ、並べておいたマキに点火する。言葉では簡単だが、これがなかなか燃えてくれない。なんとか火をおこせるようになっても、すぐにご飯を炊けるようになったわけではない。底はおこげ、なかは芯の残った硬い飯粒。初めてご飯を炊いたとき、フミヱは、飯炊きとはなんと難しいのだろうと思った。

そのうちフミヱは耳でご飯を炊くようになる。まず米を研ぎ、手のひらをのせてちょうど手首のところまで水を入れる。しばらく寝かせたあと、米鍋を火にかけ、ぶくぶくぶくっと言い始めたら、マキを取り出す。だけど全部のマキを抜いてはいけない。少しだけ残しておく。やがてすっかり泡がなくなり、鍋がおとなしくなったら、残りのマキも抜く。あとは余熱で蒸れるのを待つ。竈《かまど》の前でじっと番をしていなくても、ふっくらとしたおいしいご飯が炊けるようになった。

フミヱが一人前の主婦になれたのは、お義母さん・ピッコタウレのおかげだった。結婚当初、ピッコタウレは霧社に住み、不慣れな嫁に主婦の仕事を教えてくれた。といっても、あれこれと口出しして教えたのではない。マキ割りも飯炊きも、フミヱがお義母さんの姿を黙ってそばで見て覚えていったのだ。お義母さんは、なによりの先生だった。

お義母さんの料理は上手でしたよ。あたしはね、お菜を考えたり、あんなんするの、大嫌いなの。今でも炊事場に立つのがイヤ。男と同じ。食べるのは食べるけどね（笑）。お義父さんが厳しかったみたいですよ。よーく、お客さんをたくさん呼んで、みんなにご馳走するの。お義母さん一番大変です。それから、お義母さんはお裁縫もしますよ。着物でもなんでも、みんな自分で縫いますから。あたしたちは自分の着るものなら、なんとか縫いますよね。でも、人の分までは縫えないでしょう。ええ、偉い人でしたね、ほんと。勉強してないでしょ、学校行っているわけじゃないしね。なのに、日本のこと、なーんでも覚えますよ。お義父さんが仲間の警察の奥さんに、いろいろ教えてやってくれと頼んだのでしょうね。

フミヱは曾孫をもつ歳になってからも、亡き姑のことを語るとき、自然と彼女を慕う色を滲ませる。ピッコタウレの家事能力の高さを誉めながら、実はそれ以上のことを伝えたいのだろう。フミヱは、人生を「日本」に引きまわされつつも、人間にとって大切な芯を見失うことなく生きていたピッコタウレを、夫の母としてだけでなく、一人の女性としても尊敬していた。

ピッコタウレは母としても強かった。例えば、一が教師の道に進めたのは、ピッコタウレのおかげであった。実は、治平は日本に帰る際に長男の一が小学校卒業後、警察で下働きできるよう手配していたという。しかし、勉強の好きな息子が学業を続けられるよう、ピッコタウレは理蕃課長に直訴したのだ。今までずっと「日本」に従って生きてきた山の女が、こんな行動に出るとは、理蕃課長も肝をつぶしたに違いない。晴れて、一はすでに一次試験の終わっていた台中師範学校を特別に受験する機会を手に入れ、のち教職に就く。下に妹や弟がいる長子を進学させるのは、経済的に苦しくないわけがない。それでもピッコタウレは、一に高等教育の機会を与えた。学はなくても、彼女には将来を読む力があった、といえるだろう。

ところで、一の最初の妻・正枝は、ひどくピッコタウレを見下し、彼女の顔の刺青を気味悪がっていたという。長男の結婚が破綻したのは自分のせい、そう考えたのだろうか、ピッコタウレは日本から新しい嫁を迎える前に、タイヤル人女性の誇りである刺青を消す手術を受けている。けれど、小さいときから義母を見ていたフミヱには、義母の刺青を気持ち悪いとか恐いと思う気持ちは、ちっともなかった。

夫の母として再会したピッコタウレの額には、うっすらと刺青の跡が残っていた。

新婚の日々は穏やかに過ぎていった。結婚前の短い期間、二人は手紙のやりとりをし、十年会わなかった距離を少しずつ埋めていた。けれど、ともに暮らすことほど、互いをよく知る方法はない。

あとから思えば、これも思い出のひとつと数えられるけれど、新婚生活のなかには、面白くないことも、まあ、あった。先妻・正枝の存在だ。聞くところによると、正枝は実弟が出征するからと、ひと月の予定で日本へ帰ったそうな。もちろん、荷物はそのまんま。でも、彼女が台湾に戻ってくることは二度となかった。

そもそも一の最初の結婚は、父・治平の身勝手な考えで決められたものだった。——数年前の夏休み、一は治平の命によって、嫁探しのため日本に滞在。しかし、母がタイヤル人であること、霧社事件の起こった土地に暮らしていることなどを、女性側は問題にし、数々の縁談話が泡となった。何人目かにして、やっと結婚を承諾する女性・正枝が現れると、治平は「一が台湾に戻らなければいけない日が迫っている。今からほかの女を探す時間もない」と言い、見合いの数時間後には婚約の式が執り行われた。

結局、一と正枝は、霧社で数ケ月一緒に暮らしたが、正式な籍はいれず終いだった。日本へ里帰りした正枝に、一がいくら手紙を送っても、返事はなし。治平からの知らせによると、正枝は、海軍を除隊した昔の恋人と縒《よ》りを戻し、挙句、その男の子供を産んだという。実家からも勘当されたらしかった。

いくらかの時が過ぎ、フミヱとの結婚を間近に控えた一のもとに、正枝から復縁を迫る手紙が届いた。しかし、一の心にはそんな女の入る余地はない。きっぱりと断わりの返事を出した。だが、それでも彼女はしつこく一とのやり直しを望んだという。二人の妻にはさまれる父を見てきた一がそんな話に乗るわけはなかった。

その後、誰も処分できないでいた正枝の荷物を整理し、日本に送り返したのは、新妻のフミヱだった。

十年ぶりの霧社には、少女時代のフミヱを覚えている人も残っており、みながこの結婚を祝福した。

小さな集落のこと、「今度のお嫁さんはどんな人だろうねえ」という大人のおしゃべりを聞いて、子供たちもフミヱが霧社にやってくるのを楽しみにしていた。教え子がタケノコやワラビなどを一の家に持っていくと、先妻の正枝は決まってお菓子をくれたものだ。けれど、お駄賃代わりの明治キャラメルや砂糖菓子を舐めながら家に帰る子供たちは、実のところ、心からの親しみを正枝に感じることができないでいた。「どうも、このおばさんは、自分たち山の子供をちゃんと相手にしてくれない感じがする。お菓子をくれるのは、品物の交換」、そう思わせるなにかが正枝のなかにはあった。

色白で、ふっくらしたフミヱを見て、「今度きたおばさんは、体格いいねー」なんてささやき合う学校の生徒もいた。正枝は小柄な女性で、それに比べフミヱは、やや肉付きのよい体をしていたからだ。それだけではない。一の教え子たちは、子供ながら、微妙に「前のおばさん」と「新しいおばさん」の違いを感じ取っていた。新しいおばさんは、山の人間だからといって隔てのある接し方をしない、なじみの感じられるやさしいおばさんだった。

一の最初の結婚生活で、「お嫁さんが、ちっともお義母さんと呼んでくれないの」とこぼすピッコタウレを見ていた近所の婦人・サマは、フミヱを知ってほっとした。一度たりとも「お義母さん」と呼んだことのなかった正枝さんと違い、この子ならピッコさんを大事にしてくれる。それがわかったからだ。それを証明するように、ピッコタウレは「今度きたお嫁さんは、あたしのことをお義母さん、お義母さんって呼んでくれるの。そして、とっても親孝行なのよ」と、うれしそうにサマに話をした。

子供の誕生

フミヱが嫁いで半年ほどが過ぎた昭和十五年（一九四〇）三月末、夫婦は霧社を離れる。霧社地区最大のパーラン社の住民が、水源保護のため中原《なかはら》に強制移住させられることになり、霧社公学校が廃校となったのだ。一の新しい職場は、平地の埔里北公学校。埔里は霧社から最も近い小都市である。地図でいうと、ちょうど台湾本島の中心部にあたる。

新婚のフミヱに主婦の仕事を教えてくれたピッコタウレは、やがて故郷のマレッパへ戻り、平地とのあいだを行ったり来たりするようになった。山から降りてくるときは、いつも粟や野菜などの食べ物を携えてくる。そのお返しというわけではないけれど、何泊かしたのち義母がマレッパに帰るとき、フミヱは山の人々へのお土産にと、山では手に入りにくい塩魚を用意した。

埔里に移った年の夏、初めての子供が誕生。たいそうな難産で、帝王切開を迫られるほどであったが、医師がちょうど家の玄関の戸を開けたところで、オギャーと元気な産声をあげてくれた。玉のように丸々した女の子だった。夫婦は、和代《かずよ》と名付ける。一は、まだ首の座らぬ和代を抱いて写真をとった。愛しい眼差しを向ける、新米パパの姿が写された。

一はやさしく、フミヱの主婦業も板についてきたが、たまには喧嘩もした。その種はたいがい、お金のことだった。小さいころから弟たちの父親代わりであった一は、大人になり、収入の面でも家族を支えるようになっていた。姉と下の弟は幼くして亡くなっていたが、ほかにきょうだいは三人いる。

なにかとお金がかかるのだ。

フミヱはときどき、日本の家族に手紙を送っていた。いったいなにを書いたのだったろうか、もう忘れてしまったが、父からこんな返事が届いたことがある。確かまだ、子供が一人だけだったころのこと。

——子供を連れて、日本に帰ってきなさい。

夫との喧嘩を綴ったフミヱの手紙に、両親は心配したのだろう。娘の結婚生活を、ただ娘の手紙によってしか知ることのできない日本の親は、そんな言葉で娘を励ますのが精一杯だったのか。それとも、容易には帰れぬ土地に嫁がせてしまったことを、心の底から悔やんでいるのか。のちに、「この世に喧嘩しない夫婦などいないでしょ」と笑って言えるようになったフミヱだが、この父からの手紙は六十年以上経っても、忘れることができないでいた。

夫婦は次々に子供を授かる。長女の翌々年に、長男が誕生。この子は「神武天皇祭」である四月三日に生を享けたため、武《たけし》と名付けた。その翌年には、次女の典子《のりこ》が生まれた。

時代は太平洋戦争のただなか。家族が増えるにしたがって、戦争はどんどん拡大していった。一の学校が夏休みになったからと、孫の顔を見せに日本に帰国するなど、遠い夢の話となってしまった。第一、昭和十九年（一九四四）の五月にフミヱの両親は疎開のために東京を離れており、彼女には帰る実家もなかった。

この戦争では、台湾からも大勢の人が戦場に送りだされた。千人針や万歳で出征兵士を見送る姿は、日本国内のそれと変わりない。教師をしている一に赤紙が来る心配はなかったが、食料を手に入れるのは日ごと難しくなっていく。まもなくフミヱは、配給の列に並ぶようになる。

子供がいるからね、いつもいつもは行かれないんですよ。だから、欲しいもの、そうねえ、肉とか魚が欲しいときに行くの。でも、行ってみないとなにがあるかわからないから、見当つけてね。ずーっと並んで、順番に。遅い人はもらえないの。

マキを割ることすらできなかった娘が、一人で配給の列に加わるようになろうとは、数年前、誰が想像したろう。

遠くの空が赤く燃えるのを、教員宿舎の窓からだまって見つめる日もあった。

このころ、フィリピンで、弟の修が戦死した。

敗戦

三女の操子《みさこ》が誕生したのは、昭和二十年（一九四五）の春だった。

一は渓南《けいなん》公学校の教務主任となっていた。渓南は埔里の町中から歩いて一時間ほどの、やはり平地の人々が暮らす土地である。一は得意の釣りで、晩ご飯のお菜を調達する日もあったが、それでも食糧事情は厳しかった。フミヱはだんだんと大きくなるお腹の子のために、自分の着物と鵞鳥一羽を交換し、栄養を摂ったこともある。

産気付いたのは、もう夜中で、フミヱは隣に寝ている夫をそっと起こした。そして埔里から産婆を呼んでくるよう頼んだ。ちょうどその晩は、親戚のおばたちが泊まりにきており、騒いではいけないと気を遣ったのだ。やっとのことで一が産婆を連れて帰ると、それから十分も経たないうちに女児が生まれた。朝、目覚めたおばたちが「この子はいったいいつ生まれたんだい」と驚いたほど、とても静かな分娩だった。それはちょうど、アメリカ軍が沖縄本島に上陸した翌日のことであった。

相変わらず、ピッコタウレは、マレッパと平地を行ったり来たりの生活だった。「金銭で謝礼をもらうより、布が欲しい」と申し出る産婆のために、夫婦はピッコタウレに頼み、マレッパの織物を贈ることにした。なにからなにまで不足している時代、産婆は喜んでこの織物を受け取った。

一の弟・宏は、日本から戻り、自らと同じ境遇、山の娘と日本人警察官のあいだに生まれた女性・佐塚豊子と結婚し、独立していた。上の妹・敏子は世話する人があり、長崎出身の男性と結婚。下の妹・静子は、佐塚昌男（豊子の兄、宏の同級生）と結婚していた。真相はわからないが、宏が日本人の嫁をもらわなかったのは、一の最初の結婚をみて、日本の女とは上手くいかないと悟ったからだ、とみる人もいる。ともあれ、下山家のきょうだいは、それぞれの人生を歩み始めていた。

フミヱは生まれて間もない操子を和代に預け、埔里へ食料の調達に通う日々だった。「赤ちゃんをね、こうやって抱っこして」と教えると、二時間余りのちに戻っても、和代はじっと動かないままの格好で操子を抱いていた。わずか五歳の子供が、と我が子ながら感心した。

一家の食料は、フミヱの買出しだけでは追いつかない。野菜は、家の裏の土地を借りてピッコタウレが栽培する畑の収穫物をあてにした。また渓南は農家の多い土地である。一の教え子の親たちが、埔里の市場に野菜を売りに行く途中、豆やキャッサバやタケノコなどの食料を黙って門の前に置いていってくれるのも有り難かった。

渓南の上空にも、アメリカの飛行機がよく飛んでくる。学校の用務員さんは、家の前に防空壕を掘ってくれた。竹で天井を支え、二畳くらいの広さの穴に蒲団をしいた防空壕。一は勤労奉仕の先頭に立ち忙しく、昼間家族を守る役はフミヱが担っていた。空襲警報が鳴ると、フミヱは子供たちや義母を連れ、急いでそこに避難する。

家から少し下ったところには消防隊の建物があり、空襲警報のたびに旗が立てられた。

敵の飛行機がやってくると、赤い旗。

飛行機が去ってしまうと、もう安心ですよ、と白い旗。

これを見に行くのは、和代の仕事である。空襲警報が鳴り止み、しばらくすると、和代は防空壕を出て、今どんな旗が立っているかを確かめる。穴に向かって「白くなったよぉ」と叫ぶと、家族が順々に地上に現れるのだった。

ある日の昼下がり、ピッコタウレが裏の畑にいるとき、空襲警報が鳴った。けれど、彼女には聞こえない。ピッコタウレは若いころ、病気で耳が少し遠くなり、五十歳を少しまわったこのころ、ますます聞こえが悪くなっていた。

「お義母さん、早くこっちに来て下さい」

「バーバ、早く防空壕に入って」

フミヱや孫たちがいくら叫んでも、ピッコタウレには届かない。防空頭巾をかぶった姿で、一生懸命に水やりを続けている。運良く、無防備な婦人の上空を、爆弾落とすことなく敵の飛行機は通り過ぎていった。

そして迎える、八月十五日。

ラジオに集まる人々のなかに、フミヱの姿もあった。天皇陛下のお言葉ははっきり聞こえなかったが、まわりのみんなの様子から、どんなことが話されたのかフミヱにもわかった。

家がね、学校から近いんですよ。で、夜になると、なんだかんだと人が集まって、外で井戸端会議しているのが聞こえるの。もちろん日本語で。いろーんな話して、とっても賑やか。

それが、終戦になって、その晩から、いっぺんに日本語なくなった。だーれも、日本語使わない。不思議なくらい。だーれも日本語で話しない。わーわーわーって、急に台湾語になって。あたしたちは、なにしゃべってるんだか、ちっともわからない。ほんとーに、パタッって、日本語が消えてしまって。

フミヱはもちろん、日本人として育った一にとっても、耳に入ってくるのは、意味のわからない異国の言葉ばかり。この日を境に、今まで「国語」とされてきた日本語が、惨めな敗戦国の言葉となった。惨めになったのは、なにも日本語だけではない。侵略国からきた人々はじきに、家も、職も、財産も奪われることになる。

渓南公学校の校長先生は、かつてフミヱたちが高等科に通っていたころの恩師であった。しかし、校長として再会した彼はいたく評判が悪かった。なんでも、自分の妻に学校の会計係をさせるなど、いろいろと地元の人の反感を買っていたのだ。終戦になるやいなや、人々はこれまでの仕返しをするかのように、日本人である校長一家を拒絶した。そしてまもなく、校長の家族は逃げるように渓南を離れていった。なにもこの校長一家だけが特別な目にあったのではない。今まで日本や日本人への怒りをためていた者たちが、台湾じゅうで、あるときは言葉による暴力で、あるときは体を使った暴力で、その思いを爆発させていた。また、新聞はそんな暴動など気にもとめないふうだったが、やがて、当局の指導があったのだろう、〈在台日本人による犯罪〉を熱心に報じ、〈在台日本人の反省〉をあおるようになる。戦後の台湾で、日本人はただじっと身を屈めるしかなかった。

しかし有り難いことに、下山家を知っている人々は、これまでと変わりなく接してくれた。台湾語の世の中になったとはいえ、フミヱたちにチンプンカンプンな台湾語を向けることもない。必要なことは今までどおり日本語で伝えてくれる。これまでの常識が通用しなくなった社会の中で、不安がないわけではなかったが、まだフミヱたちは救いのある終戦を迎えたといえよう。

終戦からいくらかの時間が経ったころ、台中に住む弟の宏一家が渓南にやってきた。久しぶりに会う宏は、まるで別人のように表情が強張っている。絶えずびくびくとなにかに怯え、外に出ようともせず、子供たちにも表で遊ぶことを禁じた。あきらかに精神が普通ではなかった。日本の軍隊で中尉にまでなっていた宏は、戦後、誰かになにかされたのだろうか。一とフミヱは、宏の背中をただ見つめ、察するしかなかった。いく日か滞在したのち、兄夫婦の家をいとまするとき、宏は自分の衣服を脱いで、わざわざ一の作業服に着替えていった。

九月下旬、台湾じゅうの時計の針が、今までよりも一時間遅い時を刻み始めた。日本本土にあわせていた標準時が、本来の西部標準時に戻ったためである。このころ、新聞紙面には「中国語講習生募集」の広告が踊り、多くの台湾人がまもなくやってくる国民党政府に期待を寄せていた。ちなみに、紙面に載る「中国語」とは、新しい支配者の言語である「北京語」を指す。

そして十月二十五日、台湾は正式に祖国復帰を遂げ、日本の外地から中華民国の一省となった。街路の名前は日本的なものから、中華路、中山路など、大陸色の濃いものに改める法が定められ、学校や各施設の接収も日々進む。

一は終戦前に勤めていた学校に留用となり、めっきり様子の変わってしまった教壇に立った。また、日僑を調査管理する委員会が設置され、日本人が住まいを移すには当局への報告が義務付けられた。埔里の街でも、同胞と呼ばれる外省人の姿が見られるようになった。

やがて迎える旧正月では、門松など日本的な正月が鳴りをひそめ、中国色の濃い新年が祝われた。フミヱたち一家には、近所の人たちからアヒル肉や鶏肉などのごちそうが届けられた。

決断

台湾の時計が新しい時間を刻みだしたように、フミヱのまわりにも、新しい風が吹こうとしていた。待ちかねる母国引き揚げの噂が日本人のあいだでささやかれるなか、軍人たちの送還がひと段落ついた終戦の翌二月中旬、ついに一般日本人の帰国に関する具体的な注意事項が当局から示された。実際に引き揚げが始まるのは、二月下旬から。もちろん、埔里や埔里近郊に暮らす日本人のもとにも、帰国命令の通知が届けられた。人々はまず埔里の施設に集められ、しばらくのちまとまって台中へ移動、台中でも時間をおいたあと、引き揚げ船の出る基隆の港へ運ばれるという按配だった。

この最初の引き揚げは約二ケ月続き、この間、二十八万余りの日本人が台湾を離れていった。

続々と帰国の荷物をまとめる日本人。一の留用も二月で解かれ、フミヱたちは、引き揚げ準備にかかるはずだった。

けれど、問題が起こる。

ピッコタウレが、日本へは絶対行かぬと拒絶したのだ。

マレッパに親戚がいるとはいえ、長男の一が、母を残して台湾を去るわけにはいかない。これは一族の一大事だと、渓南に駆けつけた山の親戚たちも、ピッコタウレを日本には渡さないとがんばった。

「どうしても日本へ行きたいのなら、おまえたちだけで行きなさい。わしらは、この姉さんを担いででもマレッパに連れて帰る」

望まぬ結婚を強いられ、日本人の妻として生きてきた母。自分を上級学校に進学させるため、理蕃課長に直訴した母。自分が教員になれたのは、母のおかげだ。また、息子の結婚のために、タイヤル女性の誇りである刺青を消した母。そしてなにより、母は日本人の夫に捨てられている。そんな母を置き去りにすることも、首に縄つけてひっぱって行くことも、一にできるわけがなかった。

とはいえ、一は独り身ではない。わざわざ日本から嫁いでくれたフミヱがいる。台湾は日本の土地で、ふたつの島に橋があるからこそ、彼女は嫁にきてくれたのだ。橋が消えてしまった今、このままフミヱをこの島に閉じ込めてしまうわけにはいかない。かつて父・治平が揺れたのとはまったく別の理由で、息子は二人の女性のあいだで苦しんだ。そしてまた、「帰ろう、帰ろう、日本に帰ろう」と懸命に訴える幼い子供たちが不憫でもあった。

この引き揚げでは、台湾に暮らす日本人すべてが対象となったわけではない。技術の継承などのため、新政府から請われて留用になった者もいる。弟の宏も、その一人であった。宏は台中県立農事試験所の技士として台湾で暮らす道を敷かれていた。一には、母を弟に預け、妻と子だけを連れて日本に引き揚げるという選択肢が残されていた。

けれど、肝心の宏は、首を横に振るばかり。幼いころから最も信頼を寄せていた兄が海の向こうに帰ってしまい、自分の家族と母だけが台湾で生きていくことに、宏は自信を持てなかったのであろう。もしも兄や母が日本で暮らすというならば、自分も一緒に引き揚げ船に乗る、そんな覚悟もあるようだ。

フミヱの心は、張り裂けんばかりだった。

義母の気持ちは、痛いほどわかる。もし自分が義母の立場だったら、同じように故郷に残ることを選ぶだろう。義母に対する夫の気持ちも、人として当たり前に思える。でも、だからといって、自分のなかにある帰郷の念が消えるわけではない。

ああ、日本に帰りたい。

東京はどうなっているだろう。

お父さんや、お母さんに会いたい。

結局、家族は、台湾に留まることになる。

そこには、自らの思いを封じ込め、義母をたてる、フミヱの決断があった。

第二章　マレッパの里

マレッパへ

一九四六年の春、住み慣れた渓南をあとにする日がやってきた。言葉もわからない、仕事もない、これからどうやって生きていけばよいのか見当もつかないフミヱたちは、ピッコタウレの故郷マレッパに身を寄せるしかなかった。それに先立ち、一は、埔里に新しく開設された役所に赴き、一家が山地に居住する許可書を出してもらっていた。人生の分かれ道はいつやってくるかわからない。が、いったん後戻りのできない場所に立ってしまったのだと悟れば、事は早い。フミヱと一は数日間で荷物を整理し、平地の知り合いに挨拶を済ませていた。

ひとまずは、トラックに家財道具を積み、霧社へ向かう。渓南からマレッパまで一日で行くのは、どうやっても無理な話だ。

フミヱたちの引っ越しを聞いた渓南の人々は、白米を集めていた。ただでさえ米に不自由している家族が、マレッパの山に入ったらもっと米を食べられなくなると心配したのだ。各々の家が提供した白米は、ユウラン缶（石油缶）に七つ半も集まっていた。引っ越しのトラックを借りてくれたのも渓南の人々で、彼らは、荷物運びを兼ねて霧社まで見送ってくれた。

霧社では、しばらくのあいだ、知り合いの日本人・鳥居勇蔵さんの家に身を寄せた。一人暮らしの鳥居さんは、子供たちのために手作りの焼き菓子でもてなしてくれた。彼自身ひもじい思いをしている日々であったろうに。

霧社とマレッパのあいだには日本時代のまま警察の電話回線がひかれており、一はそれを利用してマレッパの親戚に連絡をとっていた。トラック一台分もある荷物、親戚の助けがなくてはとてもマレッパまで運べないからだ。しかし、彼らはすぐには来られないという。

「山を降りる日本人の荷物を運ばなくちゃいけないんだよ。なーに、おまえたちは台湾に残るんだ、なにも慌てることなどない。何名か迎えの者をやるから、当面必要なものだけ持っていらっしゃい。残りの荷はあとから運んであげるから」

皮肉な話だが、「日本」がいなくなってから、台湾の治安は目に見えて悪化していた。ドロボウするのが当たり前。そんな風潮もあった。少しのちの話になるのだが、鳥居さんの家に預けた下山家の荷も、そのほとんどが盗難にあってしまう。警察に訴えても、知らん顔。おまえら日本人がどうなろうと、警察は知ったことじゃないと。夫婦はただあきらめるしかなかった。ここはもう、「日本」ではないのだから。被害品のなかには、フミヱが嫁入りに持参した着物もあった。台湾製の着物と、日本製の着物は、ひと目で区別がつく。模様が違うし、なんといっても日本製はうんと上等だ。何年か経て、フミヱはこのとき盗まれた自分の着物と対面することになる。

人から聞いてね、誰が盗ったかわかるんですよ。実際にね、あたしの着物を着ている人を見たこともある。小さく仕立て直して、子供にね、着せてるの。それであたしが、あらーっと思って見ていたら、（盗んだ親が）気付いて、子供をコソコソ呼んで、それでもう（子供を）家のなかに隠してしまったの。

フミヱたち夫婦は、この盗難事件をきっかけに、敗戦国民のあきらめを覚えていったのかもしれない。

台湾に嫁いで七年目、初めてフミヱはマレッパに登った。

埔里から霧社までは、砂埃を舞い上がらせながらも、トラックがデコボコ道を走ってくれた。けれど、霧社から先は、車の通れるような道はない。釣り橋や急峻な箇所がいくつも現れる山の道だった。いくら当面の荷物といっても、子供たちの着替えや炊事道具など、一家六人の生活品はそれなりにある。一は霧社まで迎えに来てくれた親戚と手分けしてそれらを運ぶことにした。まだ一歳の誕生日を迎えていない操子はフミヱがおぶり、ほかの幼子たちは時々歩いたり、交代で親戚の背負い籠に揺られて山道を行くことにした。

山の親戚にとっては通い慣れた小道も、フミヱにとっては、夫や親戚に助けられ、ようやっと踏み進むことのできる岨道だった。どんなに足が痛くても、歩くしかない。どんなに疲れても、前に進むしかない。マレッパに続くこの道は、これからのフミヱの人生そのものであった。難渋な行路は、およそ十四時間も続く。山の人が歩む倍の時間だ。新天地に到着したころ、空には星が輝いていた。

一家は、かつて日本人警察官の宿舎として建てられ、今は空家となっている家のひとつを我が家とした。フミヱたちがマレッパに入ったころは、まだ数名の日本人が残っていたが、じきに彼らも山を降り、引き揚げの準備をするため埔里に移っていった。

ひとたび住まいが落ち着くと、どうやって生き延びるか、これがフミヱの仕事となった。澄んだ山の空気を胸いっぱい吸う余裕すらない。夫の一は戦後放りっぱなしになっていた山の学校の世話をするようになり、一家の食料調達はフミヱの肩にかかっていた。

親戚の畑を手伝い、その日食べる芋（サツマイモ）を分けてもらう。これがフミヱの日々の仕事だ。自分の畑など、ない。義母の大きい妹・ユンガヤタウレ夫妻や、小さい妹・リットクタウレ夫妻の畑など、日によって手伝う畑は変わる。もともとこれらの畑は、昔、義父・治平が手に入れ、のちに親戚に譲った土地だと聞いた。すべてが手作業でなされる山の畑には、平らな部分がほとんどなかった。傾斜のある畑のほうが、腰に負担が少なく、作業しやすいと考えられてもいた。フミヱは三十歳を超え、見様見真似でクワを握り、傾いた地面と向き合った。

食卓にのぼるのは、わずかな野菜や主食のイモといった質素なものばかり。ヤホウ、ワッシャクなど、山の野菜も口にする。山の野菜といっても、それはそこここに自生している雑草だ。体にいいらしい。子供たちは苦いと言って嫌がったが、ひとかけらの調味料すら加えないワッシャクスープを、フミヱはおいしいお汁と思い、すすった。

東京ではきれいな服を着て、電車に乗り、一流デパートに勤務していた娘が、台湾の山奥で、ごわごわした肌触りの、手足と首が出るように縫い合わせただけの蕃布を身にまとい、家族の糊口をしのぐため野良仕事に精を出す毎日。なにもかもが未知の暮らし。これを支えたのは、夫や子供たちの存在、そして、新婚時代から目立つことなく面倒を看続けてくれた義母だった。そもそも、平地で生活していた家族が山の人々に受け入れてもらい、立派な宿舎まであてがってもらえたのは、ピッコタウレがこの山の人間であったからこそ。マレッパの人たちからすれば、一を長とする下山一家は「山の血をひいた家族」に違いないが、それと同時に「日本人の血を受け継いだ、よそ者」でもあった。

マシトバオンでの別れ

義妹の静子の危篤を知ったのは、確かマレッパに移った年の夏だった。ちょうど一が、台中師範学校で行われる「国語」講習会に参加するためマレッパを不在にしていたときだから、あれは一九四六年の八月だ。それは、慣れない山の暮らしに体調を崩し、フミヱが長く寝込んでしまった夏でもあった。まだ夫が戦地から戻らない静子は、夫の母の故郷、マシトバオンに身を置いていた。マシトバオンはマレッパから霧社方向に下ったタイヤル人の村。静子が患ったのは、伝染性熱病のマラリアだった。もともと標高が高く、マシトバオンのような閉ざされた土地にマラリアはなかったという。これは日本の「開化」政策により、文明とともにもたらされた病気らしい。村の多くの者が、同じ病で命を落としていた。

静子が病の床に就いたとき、そばにいるのはまだ学齢に達しない幼い息子だけだった。静子の夫・佐塚昌男の母はちょうど孫が生まれるため、台中の宏夫妻のもとへ行っていたのだ。日本時代、山地の学校で臨時の教員をしていたこともある静子だが、戦後は、人に頼まれた裁縫をしては食料をもらうというような、なんとも心細い暮らしぶりであった。食べる物がなく、梅干の汁を入れた湯をすする、そんな日もあったようである。

フミヱが小康を得たこともあり、ピッコタウレは末娘の看病のため、いち早くマシトバオンに駆けつけた。そして、いよいよ危ないとなったとき、フミヱもマシトバオンに向かう。

静ちゃんが危ないから、一度見に来なさい、って連絡が入ってね。だけど、あたしもずっと寝込んでいたから、なっかなっか歩けない。一さんは留守だったし、子供たちを親戚に預けて、なんとか行ったの。

ごめんください、と扉を開けたら、お義母さんが駆け寄って、あたしの足をつねってねえ。あたしがマシトバオンまで歩いて来たっていうのが信じられなかったんでしょう。幽霊と思ったのかもねえ。「痛い、痛い」「生きているから痛い」と言うのに、お義母さん、つねるんですよ。

フミヱの声を聞いて目を覚ました静子が、「フミヱ姉さん、よく来てくれたわねえ」と微笑んだ。だけど、少し話をしようとすると、すぐに熱が上がり、ひきつけてしまう。そのまま眠りに入り、しばらくするとまた目を覚ます。そんな状態だった。ときには「鉄砲が！」「攻めてくる！」と、うわ言を発した。南方に駆り出された昌男の夢を見ているに違いなかった。

その夕方には、霧社からの巡回医が診察に訪れた。彼は、患者の先が長くないことを告げ、薬をくれた。
医者が帰ってから、ピッコタウレとフミヱは、静子の体を二人がかりで洗ってやった。垢だらけの体だった。白い石鹸を泡立て体をこすってやると、静子はとっても気持ちがいいと喜んだ。そして、その晩、彼女は息をひきとった。

遠ーくに、明かりが見えるんですよ。たいまつ持ってるから。ああ、宏さんがあそこに来てる。早く着いたらいいねえって、あの火を見てましてね。あと少しのところで、なっかなか。きついでしょう。峠でずっと休んでましたよ。それから来るの。はっきり見えました。ああ、来てる、来てる、って。火を見ながら、「早く来たらいい、早く来たらいい」そう思ってました。だけど、とうとう間に合わなかったです。

台中から飛んできた宏は、妹・静子の臨終に立ち会うことができなかった。あと少し、と山道を登っているあいだに、静子はこの世を去ってしまった。

まるで風呂敷でなにかを包むかのように、静子の亡骸は、蒲団のオイ（蒲団カバー）でくるまれた。そして、穴を掘り、タイワンモミジと呼ばれる二本の木の根元に埋められた。とても簡単なお別れだ。日本人がやってくる以前、この辺りには、遺体を自宅の下に埋める習慣があったという。
マレッパに帰る朝早く、静子の遺児イクちゃん（征雄）は、

「母ちゃんが死んじゃった」

と、フミヱをひきとめた。「死んだ」の意味を、まだ三歳の幼子がどこまで理解しているのか、フミヱにはわからなかった。さらに、イクちゃんは、

「一緒に行く」

そう言って、フミヱの蕃布のスカートの裾をひっぱった。

半世紀をゆうに超え、あの朝のイクちゃんの言葉を思い出すフミヱは、目を赤くし、声を詰まらせる。いつも毅然とした態度で昔を語る人間が、いったいどうしたというのか。若くして亡くなった義妹や、母を失った甥っ子を不憫と思う気持ちが蘇ったのかもしれない。加えて、あの当時の、まだ慣れない山の暮らしや、ただぐっと飲み込んでやり過ごすしかなかった感情のあれやこれが、胸に押し寄せてきたのかもしれなかった。

結局、イクちゃんは、宏が台中へ連れて行くことになった。

これとは別に、フミヱにはマシトバオンを去り難いもうひとつの理由があった。鳥居勇蔵の存在だ。彼はフミヱが唯一知る、自分たち下山家以外の、霧社方面に残った日本人である。

終戦時、六十をいくつか超えた齢だったろうか。鼻の下に立派な髭を生やしたおじさんだった。もともと彼は、警察官として台湾に赴いたそうな。けれど、あるとき鉄砲を誤射する不祥事を起こし、霧社へ転勤。以来、警手の身分で写真の仕事をするようになる。もともと美術学校出身の鳥居には、権力を手に山地を治める警察官よりも、人や物にカメラをむける写真の仕事があっていたのかもしれ

ない。台湾で独り身の生活をおくっていた鳥居だが、実は日本には家族がいた。リョウコとアイコという娘が二人と、精神病を抱える妻が。息子もいたが、戦死していた。詳しいことはわからないが、なにか日本の家族とは一緒に住めない事情があるのだろうと、フミヱは感じていた。鳥居の家には二人の娘の写真が飾ってあり、娘たちとは文通もしていたようだ。そして、終戦から半年余り経ち、我も我もと霧社を去ってゆく日本人のなか、彼だけは帰国する様子を微塵も見せなかった。周囲の日本人が「爺ちゃん、日本へ帰ろうよ」「爺ちゃん、金の心配はするな。一緒に帰ろう」といくら誘っても、ただ首を横に振るばかりだった。

日本人の誰もいなくなった霧社に、鳥居の居場所はなかった。下山家にはマレッパという寝床があったが、鳥居にはそれがなかった。フミヱたち一家がマレッパに移り住んだあと、鳥居はいっとき、かねてから親しかった静子の暮らすマシトバオンに身を寄せてみたが、結局は静子の姑から邪魔者扱いされ、またとぼとぼと霧社に戻って来た。粟などのわずかな食料を背にくくり霧社に現れた鳥居は、すっかり痩せ細り、実際の年齢よりもうんと老けて見えたという。それからまもなく静子の病を耳にした鳥居は、粟背負い来た道をまた逆に、マシトバオンへ駆けつけていた。

彼は日本時代、若い娘たちから慕われており、静子とも仲がよかった。何十年も経た日本では鳥居と静子の仲を勘ぐる無責任な文章が世に出ることもあったが、夫を戦地に見送った婦人と日本を捨てた男のロマンスはいくらでも捏造できる。離れて暮らす鳥居の娘は、ちょうど静子くらいの年頃だったのか。鳥居は日本人の血をひく静子を本当の娘のようにかわいがり、もの心つく前に父と別れた静子は鳥居に父の面影を見ていたともいえる。

フミヱはマシトバオンを発つ前、思い切って鳥居に声をかけた。

「鳥居さん、一緒にマレッパに来ませんか?」

霧社に、鳥居の生きていける場所はないだろう。霧社に限らず、身寄りのないこの男が、台湾でどうやって食べていくというのか。フミヱの頭には、自分の暮らすマレッパに連れて行くことくらいしか、彼を救う方法が浮かばない。

しかし、結局これは、叶わなかった。鳥居がフミヱの言葉に頷く前に、義母・ピッコタウレがこれを許さないと意思表示したのだ。義母としては、山地と特別の縁もない日本男性を、村に連れて帰るわけにはいかないのだろう。義母がいるからこそマレッパで暮らせるフミヱには、義母に逆らってまで鳥居をひっぱって行くことができなかった。

それから数日後、鳥居は自らの命を絶った。写真の現像に使う薬品を服毒したらしかった。硬くなった遺体は、静子の隣に埋葬された。


いくらかの年月を経ての話だが、台北の日本大使館から「日本人遺骨」の問い合わせがこの村にもあり、やがて鳥居の遺骨は台北へ運ばれた。その後、遺骨は日本に渡ったことだろう。娘たちにはちゃんと連絡が届いただろうか。骨になった鳥居が無事に家族のもとへ帰れたとしたら、それは鳥居の晩年を知る人々にとって、せめてもの救いである。

なお、彼の死に関しては、服毒死ではなく、飢え死だという話も残るが、今となってはもう確かめようがない。

義母の死

マシトバオンから戻っても、フミヱの体は快癒せず再び寝込んでいた。ろくな栄養も摂らず、野良仕事に明け暮れていた日々がたたったのだろう。生活環境が天地ほどひっくり返ったなかで、敗血症にかかったとも考えられた。そして静子を見送り一週間ばかりが過ぎたころ、フミヱは以前からの具合の悪さに加え、高熱にも襲われる。さらには、あろうことか、義母までも倒れてしまった。フミヱとピッコタウレは、寒くて寒くてしょうがないと体を震わせた。どうやら、マシトバオンで刺された蚊が原因らしい。ともにマラリアにかかったのだ。日本人の公医（公務の医者）はとうに山を降り、薬を手に入れることもままならなかった。この土地で病気になれば、あとは運を天に任せるしかない。

二人の病床に部落の人々が集まった。マラリアが恐ろしい病気であることは、みなよく知っている。人々は、「ピッコとフミヱ、どちらが先に死ぬか」そんなことを口にした。

台中の「国語」講習会から戻って来た一は、愕然とした。ひと夏のうちに静子と鳥居さんを失ったばかりでなく、フミヱはまだ床に伏したままで、さらに母までも弱っているとは。

あれは、まだ一が台中に行く前のことだったと思う。

もっとフミヱの症状が重かったころのこと。一はフミヱの床の隣に座り、涙を流したままの顔を子供たちに向け、言った。

「母ちゃんにさよならしなさい」

けれど、子供たちは「さよならなんて、いらん」「どうしてさよならするか」と父の言葉に抵抗した。

まったく不思議な話だが、そのころフミヱは、二度息をひきとっているという。うつろななかでもかすかにフミヱの記憶に残っているのは、目を覚ましたら、そばに夫がいて、あと見舞い客がいて、少し言葉を交わしたこと。あとで聞かされた話によると、その言葉を交わしているうちに、息が止まってしまったらしい。そして、まわりの人々が「もはや、臨終か」とあきらめかけた矢先、なにを思ったか一は、妻の顔に水をかけた。すると、ふうっと息が戻ったのだと。二度、そんなことがあったそうな。

子供がかわいそうだから、神様が助けてくれたらしい。

フミヱは命拾いした理由をそう思っている。

やがてフミヱの体は、少しずつ快復に向かう。

けれど、当初フミヱより症状の軽かった義母が床から起き上がることは二度となかった。かねてから患っていた胃の病気の悪化も、死を早めた一因かもしれなかった。

和代はお祖母ちゃん子だった。二歳違いの弟が生まれてからは、いっそうお祖母ちゃん子になっていた。渓南の人々が米と一緒にもたせてくれた缶詰の練乳を、栄養をつけるためにと、ピッコタウレは水で薄めて飲まされていたのだが、和代は大人たちに見つからないよう、それをピッコタウレからこっそりもらい飲んでいた。練乳ジュースは甘くて魅力的なおいしさだ。そしてそれは、やさしい祖母の味でもあった。病気になってからも、毎晩、和代はピッコタウレの隣で眠りについていた。祖母はいつでも自分をかわいがってくれ、ずっとずっとそばにいてくれるはずだった。

なのに、ある朝、目を覚ますと、愛する祖母は横におらず、自分は父と母の部屋に寝かされていた。事情がわからないまま「ババ、ババ」と叫び、祖母のもとに行くと、どうしたことか、顔には白い布がかぶされている。父に「お祖母ちゃんは死んだのだよ」と教えられても、その意味がのみこめない。ただ、外に出ると、親戚が大勢集まって、みんな泣いているのがわかった。大人の男たちは、木の板に釘を打ち付けている。明らかに普段とは違う空気が流れていた。

すぐに和代は部屋に連れ戻され、操子を見ているよう言いつけられた。三女の操子はちょこちょこ動き回り、ちょっとでも高いところを見つけると喜んで登ろうとする。横たわった祖母の体にも、かまわずよじ登ろうとするのだ。和代は外が気になって仕方なかったが、忙しい両親に代わって妹の番をした。トン、トン、トン。障子を閉めきった部屋のなかにも、棺おけを作る音が響いていた。

あの世に旅立つピッコタウレは、持っているなかで一番上等の日本の着物を着せられた。そして、その上から、二番目に上等の着物をかけられる。フミヱは残りの和服のほとんどを親戚の者に分けた。

ひととおり形見分けが済むと、亡骸は日本人墓地に運ばれる。最期のお別れには孫たちもついて行った。墓地に着くと、一は、棺おけの上から砂をかけるよう、まず長女の和代に話した。だが、和代にはどうしてもそれができない。ババがかわいそう。「おまえがやらないと、武もやらないだろう。早くしなさい」父にいくら急かされても、手をグーにして、「いらん、いらん」と和代はがんばった。箱のなかに閉じ込められたババ、そんなババに砂をかぶせるなんて。

けれど、和代の思いが届くことなく、ピッコタウレはマレッパの土に埋められた。このとき、この幼い孫は初めて、人が死ぬということを知った。

和代にとっても、フミヱにとっても、あまりにも早すぎるピッコタウレとの別れだった。

山の生活①

義母の死を悲しむ間もなく、フミヱはまた親戚の畑を手伝う日々に戻っていた。芋（サツマイモ）、黍、粟、ジャガイモ、豆……。もともと家族が自給自足するための農地なのだから、その報酬としてもらえる食料は知れていた。山の野菜をおかずに、イモを食べる。ときには、虫が食べたあとのイモさえも有り難いと口にする。そんな暮らしに変わりはなかった。

かわいそうなのは子供たちだ。成長の盛りというのに、食事も満足に食べられない。ふかしたイモをフミヱが大事そうに我が子に分け与える姿を見て、よその子供たちは笑った。肉でもない、たかがイモなのに、どうしてそんな大事そうにするのか、と。

白いご飯を口にできるのは、霧社などからお客さんが来たときだけだった。鶏も飼ってはいたが、それもお客さんが来たときにだけ、つぶす。しかも、美味な部分は客の腹に収まり、わずかな残り肉だけが子供たちに与えられた。「鶏なんて養わんでいい。自分たちの口にほとんど入らないじゃないか」、子供たちはよく訴えた。けれど、普段自分が腹いっぱい食べていなくても、外から客人が来たら、できる限りのごちそうを振る舞う、これは山の人たちの習慣でもあった。

三番目の子供、典子ね、あの子はユンガヤ叔母さんのところにあげてるんです。お義母さんは亡くなってしまったし、あたしは病気がち。一さんは家を留守にすることが多い。子供たちの面倒を十分に看てやれないでしょう。

もともと養女に出そうなんて考えはなかったけれど、叔母さんたちが、ね。どうしてもって。あそこは、子供がいないんですよ。四人の子供のなかでも、なぜか典子があの家になついてしまって。子供たちで叔母さんの家に行っていても、あたしが畑から戻ったら、ほかの子は自分の家に帰ってきますよ。だけど、あの子は、帰ろうって言っても帰らないんですもの。それで向こうもひきとめるでしょう。

あの当時は、肉が一番のごちそうですよね。叔母さんの家は肉が多くて、竹で作った筒のなかに肉を保存してあるんですよ。それを典子が勝手にとってきて食べている（笑）。そんなんして、すっかり慣れてしまって。

マレッパのなかでもユンガヤ夫妻は裕福な家庭だった。食べるに困らない。叔父さんも叔母さんも、典子を本当の娘のようにかわいがってくれる。養女に出す先としては、申し分のない家であると思われた。それに、まだピッコタウレが生きていたころ、一やフミヱの知らないところで、ピッコタウレは後継ぎのいない妹夫婦に孫を一人あげる約束をしていたともいう。フミヱと義母が病床にいるあいだ、四人の子供たちはユンガヤ叔母さんの家で食事の面倒を看てもらっていた。そのときすでに、叔母さんは典子の親のつもりだったのかもしれない。

こうして典子は、物心がつくかつかないかの年頃で、ユンガヤ叔母さん夫婦の子供になった。そして、ヤエツという山の名前をもらうことになる。ヤエツは、腹を空かせたきょうだいたちが遊びに来ると、竹筒ブタッカンを出してきて、保存していた肉を惜しみなく食べさせた。

山では、ひとつの畑をずっと使い続けるということはない。焼畑としてこしらえた土壌も、雨が降れば少しずつ栄養が流れ出てしまう。傾斜のある畑が土壌を保てるのは、だいたい五、六年くらい。何年か利用したら、また別の土地を開墾し、そこを新しい畑とする。あまり実りが良くないと思えば、まだ二、三年しか使っていなくてもすぐにハンノ木を植える。ハンノ木は成長の早い低木で、これが太くなったころ、また開墾し、焼畑とするのだ。逆に、いい畑だと思えば、何年も使い続けた。そうやって、山のあちらこちらに畑が作られていた。

まだ首狩りがあった時代、朝、山の人たちは「今から畑へ行きますよ。一緒に出かけましょう」と声を掛け合って部落を出たそうな。帰りも同様に、できるだけ固まって部落へ戻ったらしい。そうやって集団で行動することにより、ほかの蕃社の者による首狩りから身を守るのだった。その習慣がずっと引き継がれているのだろうか、朝、山の女性たちは揃って畑へ向かった。

山の人、遠い畑は一日がかりで行くの。そして小屋に泊まってね。だけど、あたしは近い畑ばかり。遠い所へは行かない。それでも、山を登ったり、降りたりね。こうして見えるんですよ、向こうの山、あっちに畑があって……。だけど、ずうっとまわるでしょ。だいたい一、二時間は歩いてね。

来る日も来る日も、フミヱは山の女たちのあとにつき、起伏ある道を通った。

年齢を重ねた山の女性たちのなかには、緩やかな窪みのある額の持ち主がいる。山の女性たちは、若いころからキリを付した帯を額で支えて運ぶ習慣があり、まあ、額の窪みは、山の仕事を長年やってきた女の勲章といえる。キリとは、畑の収穫物などを入れる、籐で編んだ大きな籠。山の生活に欠かせない。麻の帯はたいそう丈夫で、キリを運ぶほか、マキを縛るのにも使われる。もちろん、そのマキも、女たちは額で運ぶ。

しかし、畑仕事にも慣れ、見かけはすっかり山の女となっても、フミヱは額でキリを担ぐことが真似できないでいた。いつもキリを背負って歩く。そしてマキを運ぶときには、麻を編んだタオカンを利用することもあった。タオカンは山の男性たちの背負い道具だ。フミヱにとって、そんな男の道具、女の道具という、山の常識など関係なかった。その日家族が腹に入れる野菜を探すのに必死だったのだから。

山の生活②

山の暮らしは、驚きの連続だ。

まず、人々がよく酒を飲む。山ではご飯として食べる粟のほかに、餅や酒を作るための粟も育てており、山の酒といえば粟酒が主流だ。男に限らず、女にも酒好きがいる。一にもよく誘いがかかり、自分では酒をたしなまないフミヱの目には、山の人がいつも酒を飲んでいるように見えてしまう。

猟、というのも新鮮である。「ワナかけ」に出かけた男は、遠くの山まで遠征し、一週間も十日も家に帰らないことがある。人々はその収獲をとても楽しみにし、獲物を抱えた男が村に戻ってきたら、すぐに宴会を始める。あるときは、鹿肉のごちそう。またあるときは、山豚のごちそう。キジ、山羊、猿、キョン（鹿の仲間）、ムササビ肉の日もある。男手でさばかれた獣肉は、余すことなく食された。おいしい物はみんなで食べたほうがおいしい、山の人たちはそんな考えをもっている。だから、猟をした家族だけで肉を消費するなんてことは決してない。肉が獲れたら、また、珍しいものが手に入ったら、必ず親戚たちにお裾分けする。下山家もその恩恵に与っていた。

同じ女でも、フミヱにできないことを山の女たちはいとも簡単にこなしてしまう、ということがある。キリを額で運ぶ技もそうだが、なんといっても彼女たちは手先が器用だった。フミヱの普段着である蕃布は、ユンガヤ叔母さんやリットク叔母さんに織ってもらったもの。なんでも、山の娘は十代の初めから母親に機織りを教わるそうだ。けれど、機織りの経験もなければ、織り機も持たないフミヱにできるのは、せいぜい蓄布になる前の糸を準備するくらい。フミヱは山の女たちを真似て、畑への通い道、糸を紡ぎながら歩いたりもした。糸になってからも、織り始めるまでにはいくつもの工程があり、蓄布作りは忍耐と根気を要する仕事だった。

思想や、言葉。細々とした暮らしの決まりごと。日本の統治でずいぶん山は変わったというけれど、たかが五十年で、彼らの生き方を根こそぎ消滅させるなど無理な話である。

戦後まもないマレッパには、狭い意味で、まだ「山の生活」が残っていた。

数々の驚きのうち、酒や猟や女の器用さなんて些細な一例に過ぎない。ある日、こんなことが起こった。

山のなかに、恋仲の二組のカップルがいた。けれど、どちらにも結婚できない事情がある。山の結婚は、親が決めるのが常だった。自分たちの行く末を悲観した四人の若者は、倉庫のなかで首を吊ってしまった。きっと、あの世で結ばれることを選んだのだろう。

その倉庫には、黍、粟、トウモロコシなど、乾燥させた穀物が保管されている。けれど、山の習慣で、この倉庫の穀物には良くないものが取り憑いてしまったと見なされ、これを口にしようとする人は誰もいない。現場のすぐ側にある倉庫についても同様だ。結局、隣の倉庫の穀物は、山の迷信など気にもしない日本人家族が譲り受け、フミヱたちの貴重な食料となった。

どうも、死に関して、山の人々は一般的な日本人とは異なる思想をもっているように見受けられる。

親しい人の死を、体が衰弱するほど悲しむ一方、ちょっとしたことで自らの命を絶ってしまうことがある。さらには、事件・事故や自殺といった不幸な亡くなり方をした現場に、一番先に足を踏み入れた者は、同じような死に方をするという迷信がある。そのため、一は、山のなかで事件や自殺者が出るたびに、警察から頼まれて、まっ先にその家に入り、死体に触る役を担うのだった。現場になった家や倉庫の財産は、先の通り「穢れてしまった」と考えられたため、山の人は決して欲しがらない。一は遠慮なくそれらをいただいたので、親戚たちからたいそう叱られた。

迷信に関していえば、こんな出来事も忘れられない。

部落のなかに、相次いで子供を亡くす一家があった。おそらくなにかの病気を患い死にいたったのだろうが、そんな診断を下してくれる医者などいやしない。父親は次々と襲う我が子の死を、一人の男のせいだと信じて疑わなかった。

「あいつのせいだ。あのマホニーが子供を殺したんだ」

山には、白魔術や黒魔術といった、人の力をはるかに超える能力を自由自在に操る人間がいると俗信されている。父親は、自分の子供が一人残さずあの世に逝ってしまったのは、ある黒魔術師の仕業だと考えたのだ。黒魔術師は、山の言葉で「マホニー」、あるいは日本語で「祈り屋」とも呼ばれていた。そしてある日、子供の仕返しを企てた父親は機を狙って蕃刀を振るい、マホニーの命を奪ってしまった。

この真昼の殺人事件は、静かな山里を震わせた。けれど、不思議なことに、この父親が罰せられることはなかった。むしろ、彼はこの一件があってから、酒飲みの場で一番偉い席に座るなど、英雄として部落の人から扱われるようになる。ここには、日本や中華民国といった外部の力が及ばない、束の間の山の時間があった。

もともとマレッパにはこのような事件を受け入れる素地があったともいえる。真相はわからないが——かつて下山治平は自らがマレッパを留守にするとき、妻の弟・ヤブタウレに「どこどこの祈り屋を殺せ」と命じ、黒魔術師を消したことがある——フミヱはそんな話を人から聞かされた。

迷信深い山の人々は、かつて日本時代も、部落内でなにか良くないことが起こるたび、あれはマホニーのせいだと騒ぎ立てていた。マホニーの嫉妬をかい、呪い殺された類の話はそこここに転がっていた。日本人の目には言いがかりに映ることでも、山の人々はその原因を黒い魔術を使う特定の人物に結びつけようとする。この地を治める者にとってそれがどんなに厄介なことであったか、想像に難くない。迷信を解く役割を担った警察官が、迷信を解くどころか、それにお手上げになってしまい、黒魔術師を闇に消した。そんな過去があっても、なんら不思議ではない。

日本が統治する以前から、マホニーが狙われる事件はしばしば起きていたであろう。そして、「首狩りはいけない。人を殺すな」と教える日本人警察官自らが黒魔術師を葬る指示を出したことが事実なら、それによって山の人々は一段と「マホニーの命を奪う」ことへのためらいを薄めていったと考えられる。

治平の関与は定かではないが、ヤブタウレが確かにマホニーを殺したという英雄談は、二十一世紀となってからもヤブタウレの娘が記憶している。

ところで、フミヱがマレッパで暮らすということは、かつてこの山奥に赴任した義父・下山治平の影と否応なく対面することでもあった。

フミヱは白髪のおばあさんになってからも、戦後日本人家族がマレッパで生き延びることができたのは、山の人たちが助けてくれたおかげという気持ちを常に胸にもっている。そして、「お義父さんがね、昔、マレッパにいたとき、山の人にとっても良くしたの。だから、山の人たちも、あたしたちにとっても良くしてくれてね」と話すことがある。

治平はアメとムチを上手く使い分ける男だったようだ。甘いアメを与える一方で、「暴力」により山の人々を支配する一面もあった。まあ、それは当時の日本人警察官にとってなんら珍しいことではないのだが。また彼は、帰国する際に伴ったタイヤルの娘二人を東京のいかがわしい店に売りつけている。のちに娘らは台湾に戻ることができたのだが、日本滞在中の彼女らの身に起こったことのいくつかは噂となってマレッパの人々の耳にも届いているだろう。むろんそれは治平の悪行を知らしめることになる。

日本では、好ましくない評価を下されがちな下山治平。

さて、台湾の山里における彼の評価はいかがなものか。

少なくともフミヱが肌で感じたところによると、治平には、陽にあたっていない、もっと評価されるべき顔もある、といえようか。

山の生活③

フミヱにとって山の暮らしが珍しければ、中華民国となった山のなかで、日本人の姿も珍しかった。子供という生き物は、遠慮がない。ある年の春、部落合同の運動会に参加するためマレッパに集まっていた近隣の村の子供たちは、「日本人」を観ようと、下山家の家のなかを覗いた。

そのときのことを、長じて下山家の遠縁に嫁いだ夏ちゃんは記憶している。――あれは晴れの日でなかったね。おばさん一人、家のなかにおって栗搗きしとるよ。火を焚いて、乾かしながらね。粟は乾かないと、搗くとき固いの。すぐできないの。天気があったら、外に干して搗いたら早いよ。……腰から足首まである、大きな蕃布の前掛けして、ぽんぽんと、一人で搗いとるの。まだ上手でないでしょ。うち見たとき、かわいそうねえと思ったよ。日本人、こんなんして生活するのかわいそうねえ、って。だから、うちなんか家のなかに入って手伝ってあげたら、おばさん喜んでるよ。搗くの終わったら、「ありがとねー、夏ちゃん」って。私の名前、みんな、わかるのよ。うちは「はい」ってね。私たち子供、あんまり日本語できないでしょ。

山の人間ではないフミヱが、土地の人々とやっていけたのは、彼女が「そこにあった暮らし」をそのまま受け入れたからであろう。日本時代の日本人を知る人々にとって、フミヱの姿は、ある意味、日本人らしからぬと映っていたはず。イモと粟、山の野菜を食し、麻を紡いだ蕃布の服をまとう。キリを担ぎ、野良仕事に通う。慣れぬ粟搗きもする。そんな毎日に、弱音も吐かず、逃げ出しもしない。日本人だからと威張ることもない。まわりの人々は、そんなフミヱに対し自然と慰《い》する心を抱き始めたに違いない。

ある日、こんなこともあった。マレッパ出身のモトコが目の悪い乳児を連れて里帰りしていた。畑に行く途中、彼女と会ったフミヱは、

「モトコさん、こんにちは。赤ちゃん、目が悪くなっているって聞いたわ。大変ね」

声をかけた。

「そうなの、おばさん。薬もないでしょ」

心細げに答えるモトコの声を聞き、フミヱは持っていた布切れを赤ん坊の顔の前でぶらぶら揺らしてみせた。すると、痛々しいほど充血した赤ん坊の目が、ぱちぱちと、その布切れに反応した。

「モトコさん、この赤ちゃんは大丈夫よ。ゆっくり治るわ。きっと、ゆっくりゆっくり治るからね。心配しないで」

長い年月が流れたあとも、モトコは、フミヱの手にした布切れがぶらぶら揺れる様をしっかりと覚えている。赤ん坊の目は、フミヱの言葉どおり、ひと月ほどして快方に向かったのだから。

そんなやりとりのひとつひとつが、村の暮らしのなかで生まれては消えていった。それはまぎれもなく、マレッパの時間の流れに、フミヱが溶けていったことを表していた。

台湾語という平地人のような共通語をもたない山の民にとって、日本語は、あるときは平地人との、

あるときは日本人との、またあるときは離れた土地に暮らす山の民との共通言語となっていた。そして、日本の統治が終わりを告げてからも、日本語は当たり前のように台湾の山里で生きている。むろん山では日常、彼ら民族の言葉が交わされていたけれど、日本語しか話せないフミヱが山地に暮らしても、言葉の問題でさほど困ることはなかった。

新しい為政者①

やがて少しずつ、台湾の山里にも、戦後の風が吹こうとしていた。

日本が去ったあと、台湾を統治したのは大陸からやってきた人々である。彼らは、外省人と呼ばれた。なにもかもが、外省人の方法で進められてゆく。今まで価値あるとされてきた、形あるもの、形ないものが、突如、見向きもされなくなり、隅っこに追いやられる。ある意味では、フミヱたち一家も、台湾の山岳地という隅っこに追いやられたもののひとつに数えられる。ただ、幸いだったのは、その隅っこが義母の生まれ育った土地であり、山地人の暮らす里だったことである。

フミヱたちが渓南をあとにした一九四六年の春は、まだマレッパに大陸からの為政者の息がさほど及んでいなかった。だからこそ家族は日本人警察官の旧宿舎を住居とし、新しい「国語」である北京語を話せない一が、ひっそりと山の教師を続けられたのである。

実は、マレッパに移り住んでまもないころ、山地の学校を接収にきた二人の役人から、一は山地教育の助言を求められ、さらには「国籍はそのままでよいから、現地の教員になって欲しい」と請われていた。静子の亡くなった夏、台中の「国語」講習会に参加していたのも、彼ら役人の勧めがあったからである。日本が立ち入るまで、漢民族にとって未開の地とされていた、台湾先住民の里。終戦後、外省人にとっても、台湾人にとっても、日本人のぽっかり消えたこの里を、どう手を付けてよいかわからないというのが本音だったろう。それを裏付けるように、戦後の新聞は「国民党と高砂族（先住民）の歩みより」を不自然なほど報じていた。新時代の教育を案じる役人たちは、マレッパの言葉を話せ、教員経験のある一の存在を渡りに船と思ったに違いない。なにより、彼らは台中師範学校の出で、一の六学年ほど後輩でもあった。

教員が天職のような一にとって、生まれ故郷で教職に就いて欲しいという申し出を断わる理由はない。畑仕事は妻のフミヱに任せ、一は、マレッパの小学校を中心に、ムカブーブやマカナジやマシトバオンといった近隣部落にも足を運んでは山の学校の世話をした。ただ、新政府が順調に機能していない時代のこと、その働きに給料を期待するのは難しい話であった。

日本時代には、山のなかに酒保《しゅほ》と呼ばれる売店があった。生活に必要なもののたいがいがそこで手に入ったという。当時、山の人々は、ごくわずかの賃金で何十キロもの荷を霧社から担ぎ酒保に卸した。水田のないマレッパで、日本人が白い米を口にできたのは、山の人々が汗をたらしたお陰だった。酒保はもともと日本人のために作られたものだが、山の人にもその利用が許されていた。だが、日本人がいなくなってからは酒保もなくなり、塩や砂糖、味噌や醤油などが欲しいときは、霧社まで降りなくてはいけなかった。

いつからか、一がマレッパを不在にする日が多くなっていた。夫の仕事に細かく口を出さない妻である。一が家を空けるのは、暮らしに必要な最低限の品物を調達するためや、仕事の都合だろうと、当初フミヱは考えていた。

数日ぶりに家に帰るとき、一は、子供たちのためにと霧社からキャンディーを買ってくる。キャンディーがキャラメルやビスケットに変わる日もあった。調味料すら貴重な暮らしのなかで、お菓子は贅沢品だ。子供たちは、うわあ、と声をあげて喜び、大事に大事に甘い味を楽しむのだった。

けれどたまに山を降りたきり、一はずっと家に戻らないときがある。マレッパから霧社まで、フミヱと違い、一の足では半日で片道を歩けるはず。霧社への買出しに何日もかかるのはおかしい。一は妻のフミヱにも詳しく話したがらないが、どうやら当局の取り調べを受けているらしかった。ポケットにキャンディーを入れ家路につく一の心中は、永く彼だけの胸に収められることになる。


確実に、山の暮らしは変わりつつあった。

山の外から、教師や警察官がマレッパにも送り込まれ、ピッコタウレのいなくなった下山家は、その立場をますます弱くし、ついには住まいを明け渡さねばならなくなる。

どこに越すこともできない。義母が亡くなったからといって、今さら日本に帰る船が戻ってきてくれるわけではない。自分たちが生きられるのは、肥沃とはいえないが家族を飢え死にからどうにか守ってくれるこのマレッパ以外にないように思われた。

そんなフミヱたち夫婦に、村人たちは力を貸し、新しく家を建ててくれることになった。

小さいころ、学友の初子や花子が住んでいた家は、外も中も、日本人の家とは違っていた。瓦がないとか、畳がないといった違いだけでなく、彼女たちの山の家は、穴を掘った、改良されていない家だった。深さは確か大人の乳辺りまであり、地面がそのままむき出しだった。川からとってきた石盤石《せきばんせき》の屋根、マキを積み上げた壁が雨風をさえぎっていた。あれから四半世紀ほどを経ても、山の家には大きな変化がない。マレッパの人々が住む家も、昔見た初子や花子の家と同じような造りだ。なんでも、穴を掘ることで防風の役になり、冬は暖かい、金持ちや有力者の家ほど深く掘るらしかった。

村の人たちは、無用の長物と化していた、日本時代の風呂を壊し、そこに、深い穴こそ掘らないが、マキを積み上げ、カヤ葺き屋根をこしらえ、釘を一本も使わず、あっという間に新居を完成させた。寝床、囲炉裏、炊事場のある、一家の大事な住処《すみか》となった。

ただ、ひとつ難点を挙げるとすれば、便所がなかったこと。村の家には便所がないのだ。みな、青空を眺めながら用を足すのである。一は、家の横に便所を作り、村の人たちから「汚い、汚い」と笑われた。それから間もなく、マレッパ部落の地すべりが深刻化し、集落全体が引っ越すこととなるのであるが、このときもまた、フミヱたちは山地式家屋を建ててもらう。今度は屋根が茅ではなく石だった。そして相変わらず、日本式便所は、山の人たちに理解されがたいものだった。

新しい為政者②

マレッパに新しい為政者の風が吹き始めてから、一の行く先々には濡れ衣や密告といった落とし穴があり、彼は自分の意思とはまったく関わりのない力によって人生を曲げられていた。終戦前、一は、三十代前半で校長になるのも夢ではないと、その将来を嘱望されていた。それは世渡りの上手さからくるものではなく、彼が人望の厚い人物だったからだ。仕事を離れ、まわりの人々から相談をもちかけられることもよくあった。終戦後マレッパに暮らし、さすがに日本人からの相談はなくなったが、なんやかんやと山の人たちが一を頼りにするのは変わらなかった。それを好ましく思わない人物もいた、というわけだ。

教師や警察官としてマレッパに赴任した外省人や平地人のなかには、教養があり民衆の信頼を得ている一を、目の仇とする者もいた。また、山の人が遠征して採ってきた砂金や、獲物を、わずかな塩、マッチ、衣服などと交換し私腹を肥やそうと企む者もおり、そういった者の目には、一がしごく疎ましい存在に映っていた。

よその者だけではない。時の権力者につく人間はどこにでもいる。外省人寄りな態度をとる山の人も少なからずいた。

はっきりとした出所はわからないが、マレッパ近隣の山のなかに三千人の日本人が隠れている、そんな噂がたったこともある。下山一と弟の宏、それに静子の夫である兵隊帰りの佐塚昌男。日本人の血を受け継いだ男三名が、どんな伝えられ方をしたのか三千名になり、山のなかで良からぬ計画を立てているというとんでもない話になっていた。……こんな分析もできる。そのころ相次いで、高砂義勇隊として南方に出征していた山の青年たちが生還したが、彼らの時間は日本時代のまま止まっていた。心の中に日の丸を掲げ、「日本精神」を愛し、傍からみても、まるで日本軍人と見紛うような格好で出歩く者もいた。そこには中華民国の思想が入り込む隙はなく、誰かが意図的に、あるいは自然発生的に、「山のなかに大量の日本人が隠れている」そんな噂がたったのではないか。……山の青年たちに根付く「大和魂」に、外省人が警戒心を抱いていたことを裏付ける証言もある。埔里の市場で買物をしている山の青年を捕まえては、「私は日本人だ。近頃、大陸の人間が台湾にやってきて、様子はどうだい?」と探りを入れる工作員がいた。満州出身の彼はよどみない日本語をしゃべり、上手く山の青年を騙していたが、のちに霧社へ配属となり、その正体が知られることに。……少々話は遡るが、中華民国による山地の接収は、必ずしもスムーズにいったわけではない。部落によっては、「新しい支配者」に戦いを挑み、武力鎮圧される場面もあったという。……中華民国は、この島に足を踏み入れる前から、台湾における「日本」の影響と、漢民族ではない「先住民」の存在を憂いていたはず。そして、実際、台湾にやってきて、想像以上にそれらが深刻な問題であると悟ったに違いない。

終戦後、日本軍人の送還が早まったのは、山の民による大陸人への蜂起を日本軍人がそそのかすのを避けるためだったとの話もある。

あるとき、フミヱたちは地元の警察の人から「あなたたちのことを警察が見ているから……」と注意を受けた。一がしばしば〝下界〟に呼び出されるばかりではなく、マレッパの警察が日本人家族の行動を上層部に報告しているらしかった。

また、下界の警察がわざわざマレッパにやってきて、なにか隠してはいないかと、家のなかを捜索することもあった。天井、床下、蒲団のなかにいたるまで徹底的に調べられたが、なにも出てこない。挙句、彼らは、キリにしまってあった大量のマッチを、「これで鉄砲の弾丸が作れるな」と、没収した。山地の暮らしに、マッチは貴重な品。村の人たちと物々交換するために、わざわざ一が霧社で買い求めていたものだった。例えば、戦後まで、明治時代からの鉄砲を隠し持っている村人もいたけれど、それはもう骨董の世界。そんなものを使ってよからぬ計画を企てる者など、この山里にはいないのに。当局は「事実」を調べるよりも、日本人の血を受け継いだ一をスパイに仕立て上げることに力を注いでいるのか、あるいは「密告」する者がいる限り、それが「白」とわかっていても、格好として「捜査」をしなくてはならないのか。

自分たちにやましいことはなにもないし、自分たち家族をよく知っている人はあらぬ噂に惑わされないこともわかっている。けれど、それはなんの解決にもならなかった。

嫉みや偏見からくるどうしようもない日本人虐めは、収まるところを知らないでいた。

政府（中華民国の政府）の人がきて、もしも、この人たち邪魔になるから殺してしまえっていうんだったら、死んでもいいって、そんな気持ちですよ。

どうにもならない、行かれないです。どんなにがんばっても行かれない。もう日本にも帰れない。死ぬんなら、殺されて死んでもいい、そんな気持ちでしたね。山に入った初めのころね。どうにもならない。

当時の心境をフミヱはそう語る。日本への引き揚げ船をあきらめるしかなかったやるせなさ、この先どう転がっていくか予想のつかない人生への不安、そして自分たち家族が生きていくのを邪魔しようとする者への恐れが混ざった言葉だった。

終戦直後、とりわけ平地において、日本人による支配の幕が閉じられ中国への復帰を果たしたことを歓迎する空気が漂っていた。ところが、フタを開けてみれば、大陸から迎え入れた同胞はなんとも期待はずれな連中であった。身なりが貧相。品がない。素養に欠ける。どうも見劣りする面々が多い。そればかりか、なにより彼らは傍若無人で、おごり高ぶった態度をもって台湾を統治しようとする。これに台湾の民衆が反感を抱かぬわけがなかった。

台北では、一九四七年二月、闇タバコの摘発から逃げ遅れた中年女性を、外省人の取締官が逮捕しようと殴ったことが発端となり、台湾民衆が抗議の行動に出るという事件が起きる。憲兵は機関銃を民衆に浴びせ、事態を鎮めようとした。しかしそれによって、台湾人の怒りはますます激しさを増してしまった。外省人の営む商店を焼き打ちにし、外省人とみれば殴りかかる。ついには、ラジオの放送局を占拠し、全島民に決起しようと呼びかけた。世にいう、二・二八事件である。結局、大陸からの応援部隊も駆けつけ、騒動は国民党の武力によって鎮圧された。これを機に、事件の関係者ばかりか、法律家や教師など、知識人とされる大勢の台湾エリートたちが逮捕される。闇に葬られた者も少なくない。当時のエリートの多くは、日本での高等教育を受けていた。政府は、単なる知識人狩りをしたのではない。ある意味で、日本の色がどっぷり染みこんだ、自分たちの目の上のタンコブになりかねない者たちを一掃しようとしたのだった。

一の知り合いも白色テロの犠牲となっている。その一人である山地人・日野三郎は「高砂族共産党スパイ事件」に巻き込まれ、のち死刑となる。彼は日本時代、理蕃課の指導のもと医師となり、そして戦後は省議員として山地のために活躍している男だった。台湾には、彼の妻・日野サガノが残された。サガノは三郎の医専時代の友人の妹で日本人女性だった。そんな彼女も、やがて精神を病み、異郷の地で息をひきとったらしいとの話が、あとになって一たちの耳にも届く。

揺れ動く時代、新しい支配者にうんざりした台湾人のなかには、以前の支配者の血が流れる一に応援を求めようとする者もいただろう。政府側は、そんな動きを当然予想していたはず。そもそも国民党政権の目には、一が「日本人の血をひいている」というだけで敵視すべき存在と映っていたに違いない。当局は、一に共産党員の疑いをかけた時期もあったが、のちにその疑いが晴れると、今度は手の平を返したように、山地の情報を保安司令部へ秘密に流すよう誘いをかけもした。嫉妬という人間の脆さによって、一は、あらぬ噂をたてられ、しばしば虚偽の密告をされたが、それに絡めるように政治的な火の粉もふりかけられていたというわけだ。

それから半世紀も過ぎてみれば、マレッパという辺鄙な山奥に身を寄せていたことが、戦後の日本人一家の命を救ったという見方もできる。もしも、台北になど住んでいたら、例えば二・二八事件の折り、どんな巻き添えを食らっていたことか。

山の暮らしは安泰でなかったが、山の暮らしが日本人家族の命を繋いでくれてもいた。

帰国通知

台湾から日本への引き揚げは、終戦の翌春に続き、その秋から冬にかけても行われた。

そもそも、新しい政府にとって役立つと判断された一部の者を除き、日本人は本国に帰らなければならないとされていたが、その裏には、フミヱたちのように個々の事情で台湾に残らざるをえない者、あるいは自らの意思で台湾残留を希望する者が少なからずいた。彼らは、「留用日僑」と区別し、「残余日僑」と呼ばれていた。しかし、残余日僑もぽつぽつと帰国の途に就いていったようだ。当局の許可を得ず、山中などに隠れ潜んでいた日本人は、見つかり次第投獄され、やがては引き揚げ船に乗せられたという話もある。一九四六年秋冬の「第二次還送」の船には、千六百名近くの残余日僑と、一万七千名ほどの留用を解かれた日本人およびその家族が乗っていた。

そして、「第三次還送」とも呼ばれる引き揚げ船が出るのは、一九四七年の五月。これは二・二八事件の勃発により、日本人の留用解除が一気に進んだことと深く関係している。台湾に残っている日本人はもうほとんどいなくなった。

日本時代から台湾人の妻となり台湾で暮らしていた人、終戦後台湾人の夫の帰台に伴いやってきた人、さらには外省人の妻として大陸から渡ってきた人。中華民国となった台湾には、それぞれの微妙な立場で生きる日本人女性がいた。ただ、情勢の変わったこの島で彼女らが暮らしてゆくには問題も多く、引き揚げ船には、傷心を抱いた独り身の女性客が少なからずまぎれていたようである。

マレッパに移ったフミヱたちのもとへも、引き揚げ船の連絡は届いていた。

日本行きを拒んだ義母の昇天によって、一やフミヱを台湾に縛りつけておくものはなにもなくなった。いつでも台湾を離れられる身である。けれど、肝心の引き揚げ船の通知は、いつも届くのが遅く、とうてい乗船に間に合うものではなかった。

ただ、今から山を降りればなんとか乗船できるかもしれないタイミングで帰国通知が届いたこともある。このとき、フミヱは転げ落ちてでも山を降りたかったに違いない。けれど、夫が家におらず、彼女は山を離れることができなかった。義母の故郷で、山の血が流れていないのは自分一人という立場のなか、どんなに無念の歯ぎしりをしたことだろう。それから半世紀以上経ち、フミヱは当時を振り返る。「マレッパから霧社まで一日かけて歩いて降り、さらに車で埔里、台中へ。そこから鉄道を乗り継いで、船の出る基隆まで。小さな子供たちを連れて、どうやってたどり着けますか。船の通知に拘わらず、あらかじめ山を降り、船の出る港町で待っていたらよかったたって？　お金がなく、食べるのが精一杯なんですよ。それも親戚の畑があるから、食べられるんですよ。知り合いもいない場所で、いつ出港するとも知れない船を待つ余裕がどこにありますか。それに、なにより、養女に出した次女のことが気がかりでした」。そもそも、山には、ピッコタウレの子孫が日本に行くのを手伝ってやろうという人は誰もいなかった。

中華民国となった台湾で、日本人が暮らすのは本来許されることではない。一はたびたび霧社に降り、残留の申請書を提出しなければならなかった。

一九四九年の八月、最後の引き揚げ船が台湾の港を離れていった。

ついにフミヱは、引き揚げ船という、目の前に用意された帰国の橋を渡ることができなかった。ただ、黙って、マレッパの山のなかから見送るしかなかった。

山の学校

マレッパに移って二回目の冬、次男・誠が誕生した。とても寒い晩だった。山に産婆はおらず、夫が薄明かりの部屋のなかで取り上げてくれた。本当は十二月下旬に生まれたのだけれど、それではすぐに正月がやってきて数日のうちに年齢を重ねることになり、かわいそうだと、誕生日を翌年の一月二日とした。

出産から三日ほどで、フミヱは床から起きた。自分が働かなければ、家族がひもじくなるのは明白だからだ。しかし体は正直なものである。すぐにフミヱは倒れ、股の間から子宮が飛び出す事態になった。幸い、その日は夫が家におり、「もう死ぬ、もう死ぬ」と錯乱するフミヱの体に、素手で子宮を押し戻した。

ほどなく快復したフミヱは、乳飲み子を長女に預け、畑仕事に通うもとの生活に戻る。

あたしが畑に行くでしょう。和代が生徒で、勉強しながら誠の面倒を看るんですよ。そうしないと、食べられないですもん。家にイモがないときもあるんですよ。子供だから、よその家に行って食べ物をもらう。乳ももらう。山の人、わりにお乳、多いですよ。もらい乳してね。そうして誠に飲まして。

腹を空かした末弟が泣くと、和代は、すぐにおっぱいの出る山の女性の家に駆け込んだ。それが八歳なりの知恵だった。それでも泣き止まなかったり、乳をもらえないときは、誠をおんぶし、母のいる畑へ向かう。ひもじがる弟がかわいそうで、道々、和代も涙が止まらなかった。

誠がもう少し大きくなると、和代はイモの離乳食作りを覚えた。イモをきれいに洗い、水のなかにすりおろす。それをガーゼで漉し、澱粉汁を作る。しばらく置いておくと、澱粉が沈殿するので、上澄みの水を捨てる。そして新たに水を加え、火の上でゆっくりゆっくり混ぜていく。食べやすいように、最後にほんのちょっとだけ砂糖を加える。そうやってこしらえたイモの離乳食を、和代は小さなサジで少しずつ弟の口に運ぶのだった。

和代は誠にとって、もう一人のお母さんである。

幼い母は誠を背負い、学校にも通う。

農作業を手伝わせるために子供を学校に通わせない親もいるなか、一とフミヱはどんなに生活が苦しくても、子供たちから勉強を奪おうなどと思わなかった。とはいえ、肝心の授業はお粗末なもの。教師になるための勉強をなにもしていない者が、「国語」をしゃべるというだけで教壇に立とうというのだから。ボール遊びをしたり、カイコの葉っぱを替えたり、山の学校では、毎日そんな時間が流れていた。

マレッパを中心とした地域一帯の学校を、一が一人で面倒看られるわけはない。けれど、教師の任を受けて山地に赴任する者たちに、その役目はなかなか務まらなかった。給料がちゃんと支払われないという理由もあったが、それ以前に「そこら辺にいた人」をひっぱってきて、無理やり「先生」に仕立て上げようとしたのが間違いなのだ。にわか教師たちが、布、日用品、魚、薬など、山地では手に入らない品物を扱う商売人に早替わりするのは時間の問題だった。教師だけではない。このころ、警察官のなかにも、金儲けが自分の仕事とばかり、本業をおろそかにする者たちがいた。

にわか教師は、算数なんてお手上げ状態。和代は一がいるときは一に、いないときはフミヱに算数を教わっていた。学校で習う計算と家で習う計算の答えが合致しないこともしばしばある。和代は、家で教わった算数を学校の仲間に教えもした。

「算術は全世界、同じよ」

フミヱはよく子供たちに向かい言った。

まだ「国語」を習いたてのある日の授業で、外省人の先生が生徒たちに問いかけた。

「ウォ〜。この意味がわかる人はいますか」

なんだ、簡単だ。〈ウォ〜〉ならよく知っている。父ちゃんと母ちゃんが時々話題にしている、あの〈うお〉のことだろう。ボクは、まっ先に手をあげた。ボクというのは、長男・武の愛称。いつも自分のことを「ボク」と呼んでいるので、いつの間にか、家族や親戚のあいだで、武はボクと呼ばれるようになっていた。

先生に当てられたボクは、「はい、魚のことです」、自信をもって答える。

困ったのは先生だ。どこからそんな答えが出てきたのかわからない。北京語で〈ウォ〜〉は〈私〉の意味なのに。

実は、大切にしまってある塩魚を子供たちが親の留守にこっそりと焼いて食べてしまうことがいくどかあり、以来、フミヱと一は、魚を〈さかな〉とは呼ばず〈うお〉と呼んでいた。これなら子供たちに魚があることを知られないだろうと、「今日、霧社からうおを買ってきたよ」というふうに使っていた。けれど、ボクは〈うお〉がなにを意味するのか、ちゃっかり嗅ぎつけていたのだ。

その晩、この話を聞いたフミヱと一は涙を流して大笑いした。


長続きしない教師ばかりであったが、それでも年月をかけるにつれ、少しは腰を落ち着けて山に残ろうという者もやってくるようになった。なかでも印象的な人物といえば、R先生だ。彼は大陸の東北部出身の外省人で日本語を理解する。フミヱにとって、言葉が通じるというだけで、彼がほかの外省人とは違って見えた。

R先生はやがてマレッパの女性と結婚する。海を隔てた土地からやってきた支配者の嫁になろうなどという平地の女性は珍しかった。そのためか、山の女性を求める外省人が少なくなかったという。ひとことで外省人といっても、その事情は様々である。大陸に妻子を残してきた人。台湾に志を抱き、渡った人。さらわれるように連れてこられた人。身分も年齢もそれぞれだが、たぶんどの人も、いずれ故郷に帰れると信じていただろう。一九四九年の暮れには、共産党との内戦に敗れた蒋介石が二百万人もの人を連れ、台湾に逃れてきた。

どんな思いでR先生がこの島の土を踏んだのかはわからないが、彼は比較的早い時期マレッパに住み着いた外省人であった。そして、長いあいだ山の教師を続けることになるのだが、人々はあとになってから、この外省人先生が一の存在を疎ましく思う「裏の顔」をもっていたらしいことを知るのである。

二・二八事件のあと、日本人の留用は一気に解かれ、日本人は自分の国へ帰るべしというのが当局の方針であった。けれど、事件のあとも、一は山の教員を続けていた。台北のような都会においてはありえないことだったろう。

しかし、山の学校の世話をするようになり四年と半年が経ったころ、ついに「日本国籍」を理由に、一はその職を解かれる。なぜ二・二八事件も鎮火したあと、こんなことに。つまりは、山地の教育の世界にも、じわじわと新しい為政者の波が押し寄せてきたと解するべきか。さらに掘り下げて考えるならば、一が教員でいるのを快く思わない何者かが、裏で手をまわしたという憶測も否めない。

ところで、一は役人から直々に頼まれ、新政府の正式な辞令ももらい山の学校の世話をしていた一方で、まともな報酬は与えられていなかったようだ。わずかな手当てがあったのか、まったくの無給だったのかはわからないが、家族の腹を満たす収入がなかったのは確かである。給料なし、二・二八事件のあと留用解除にもならずとは、つまり、彼はそもそも新政府から正式な教員扱いをされていなかった、ととらえることもできる。けれど、お金より、山地教育に情熱を注ぐほうを大事と思う男には、それは目をつむることのできる問題だった。フミヱは、そんな「奉仕の教員」を続ける夫を黙って支えていた。

その後、一は村幹事の職に就く。戸籍に関わることなど、霧社の郷公所に代わってマレッパの役場業務を一人でこなす仕事だ。北京語を話せなくても、文字を解すれば書類作成はでき、形式的に仕事を進めるうえで難しいことはなかった。まあ、これも、「外国人」という一の立場をみれば、「よくぞ許された」と思うのだが。

事実、長くを待たず、一は村幹事の仕事も追われるようになる。

マレッパという奥深い山の里ですら、日本人の生きていける場所は消えかかろうとしていた。

ピッタン

朝、野良仕事に行く前、学校から戻った子供たちの昼食用にと、棚の上にイモを置いていくのがフミヱの日課だ。

「母ちゃんが炊いたイモ、みんな腐っているのばっかり」

子供たちからそう言われても、棚の上に用意できるのはイモしかなかった。

山の言葉でピッタンと呼ばれるイモがある。なかに虫が入ったイモだ。山の人はピッタンを捨ててくるが、フミヱにはその判断がつかない。だから、道や畑にイモが落ちていると、それが捨てられたものであろうとかまわず拾い集め、持ち帰っていた。

ピッタンは炊いてみると、匂いが臭く、味もとても食べられたものではない。拾ったときはわからなくても、ふかして割ってみると、ひと目でそれとわかる。

フミヱは少しでもおいしそうなイモを選び、育ち盛りの子供たちに食べさせた。そして自分は、臭くてまずいピッタンを口にするのだった。

ある夏の日、フミヱは長女の和代と畑に出ていた。

誠が乳飲み子を卒業するようになると、畑に来られない夫の代わりに、フミヱはときたま「一緒に畑へ行こう」と和代を誘った。寝ても覚めても、じっと農作業するだけの日々のなか、少しでも子供のそばにいたかったのだろう。フミヱは、親戚の畑を手伝うほか、自分の畑を持つようになっていた。ひとつは「鶏の親子」と、ひとつは「猿のワナ」と、ひとつは「酒」と、交換して手に入れたのだ。いずれも村人が見向きもしない土地だった。

その日、フミヱたちがいたのは、マレッパの部落を降り、マカナジに通じる道に面した、比較的緩やかな斜面の畑だ。

それは本当に突然のこと。

集めた草を燃やしているとき、フミヱは急に「ちょっとだけ、寝るね」と言い、そのまま石の上に倒れ込んでしまう。

「母ちゃん、どうした?」

和代が声をかけても、返事はない。もう一度、

「母ちゃん、どうした? どうして起きない?」

体を揺すると、フミヱは一言だけ漏らした。

「ひもじい」

子供の前では、決して涙も見せず、ふんばって生きている母。まだ幼い子供たちは、母がピッタンを自分の食事とし、しかもあまりのひどい味に量を食べられないでいることを知らなかった。それに気付くのはもっと大人になってからである。

太陽にじりじりと焼かれるフミヱを置いて、和代がそばの道に走り出ると、ちょうど下から山の人がやってくるのが見えた。村に帰る途中らしく、イモを持っているのもわかった。和代はそれを分けてもらい、草を燃やした灰のなかに放り込んだ。

おかげで、甘くてほっくりしたイモが久々にフミヱの腹におさまった。が、イモである。水分なしに食べるのは苦しい。次に和代は水を探し求めなければならなくなった。

これも運良く、少し畑を降りたところに水場があった。和代は、サトイモの葉っぱをまるめた即席の器に水を汲み、畑へ戻る。歩いているうちにポタポタとこぼれ落ち、水は少しだけしか残らなかったが、それを大切に母に飲ませた。

そのフミヱの畑の十数メートルほど下には、一本の大きなケヤキの木が立っている。首狩りの時代には、八十もの首がかけられていたそうな。火をつけても枯れない、不思議な巨木である。

そして、この木のすぐそば、つまりフミヱの畑から目が届くところには、かつて、日本に反発する山の民が酒を飲ませられ、殺されたと言い伝えられている場所がある。

フミヱの畑は、そんな環境にあった。

のちにフミヱがこの畑を離れたあと、耕す者は誰もおらず、畑は雑草が生い茂るばかりとなった。

卵のごちそう

子は、親が思う以上にたくましいものだ。

下山家の子供たちも、父や母が知らぬところで生きる知恵を身に付けていた。特にそれは、空腹を和らげるために発揮されているのだが。

実は、普段、長男たちは母が聞いたら卒倒しそうなものを口にしていた。例えば、山を飛んでいる小鳥。あれを仕留め、羽をむしって焼いて食べる。例えば、イモの根のそばにいる、カイコに似た虫。それも焼いて食べる。例えば、山のネズミ。それは立派な蛋白源であった。また、長女の和代は、きょうだいの先頭にたって、卵どろぼうに手を出した。父も母もいないときを見計らって、自宅の鶏の卵をとり、山の人の家に行く。すると、そこではたいがい大きな鍋に山盛りのカボチャやサトイモなどが炊かれており、その鍋でゆで卵を作らせてもらう。卵は、一度にあまり多くとると母たちに知られてしまうので、一個か二個しかとらないよう、子供ながらも注意していた。

一家にとって、鶏の卵は特別な存在である。最も身近なごちそうといってもよかろう。

父は、おまえたちはもっと栄養を摂らなければいけないと、子供のために、時々、特製卵を作った。ひとつかふたつ卵を溶いたものに大量のうどん粉と水を入れ、醤油をたらす。それをよく混ぜ、薄く焼いてできあがり。これが父の特製卵だ。一人ひとつずつ食べさせる卵はないけれど、こうすれば一個の卵をきょうだいみんなで食べられる。父の工夫が隠されていた。

子供たちは、遠足が大好きだった。

行き先は、マカナジの温泉。マレッパからマカナジまでは子供の足で一時間近くかかるのだが、弁当持参が習慣となっている。和代は遠足が決まると、すぐ母に「今度ね、温泉行くよ」と報告した。すると遠足の日の朝、母はいつもより少し早く起き、卵焼きをこしらえてくれるのだ。

客もいないのに、台所に米の炊けるいい匂いが広がるのは、この日の朝くらい。子供たちはマカナジで、日本の重箱に詰められた白い飯粒と卵焼きを食べるのをなによりの楽しみとしていた。温泉につかり、おいしい弁当を食べられる。そして帰りに、母ちゃんのあの畑のそばで、そよそよと向こうの山から吹いてくる風に体をあて涼むのは、とっても気持ちがよかった。

下山家の一番の主食は芋（サツマイモ）であるが、夕飯には、粟ご飯や黍ご飯もよく食べる。しかし、フミヱは山の人たちが難なくこなす粟搗きや黍搗きが苦手だった。このような体で覚える仕事は、大人になってから試みても、なかなか要領をつかめるものではないらしい。

一日の畑仕事を終え帰宅する母のために、いつしか子供たちは、粟搗きや黍搗きなど、食事の下準備をするようになっていた。母が帰ってから支度するのでは夕飯が遅くなるという事情もあるが、なによりも、子供たちは、上半身裸になりながら杵を握る母の汗を知っていた。粟や黍を搗くことは、フミヱより、山育ちの子供たちのほうが何倍も上手だった。

ある日は、ジャガイモの皮むき。ある日は、葉野菜の選り分け。長女である和代がきょうだいのリーダーとなり、そんな手伝いもする。けれど、母は皮むきに包丁を使わせてはくれなかった。スプーンを使えという。間違って指を切ったら危ないという理由ではなく、子供が包丁を使うと皮を厚くむいてしまい、食べる分が少なくなる、そんな切実な理由からだ。食べ頃を過ぎ、くにゃくにゃと柔らかくなった野菜の皮をスプーンで削るのは、なんとも面倒な作業であった。

まだ母の背丈には追いつかないけれど、子供たちが成長している証は、日々の暮らしのなかに少しずつ現れようとしていた。

生きる

マレッパの集落と対峙するようにそびえ立つ次高山《つぎたかやま》は、冬になると白くその姿を化粧する。雪の積もった次高山を仰ぐ冬を、フミヱはもう六度も過ごしていた。

季節に関係なく、フミヱは蕃布の服の着たきりスズメだ。蕃布といっても、それはのちに観光地の土産物屋に並べられるようになる、柔らかで綺麗な柄の布などからは想像もつかない代物である。硬くて重い、粗雑な布地。暑くても、寒くても、ほかに着るものがないのだから仕方がない。そして、足は、いつも裸足。

昔はマレッパにも雪が積もったそうだ。フミヱたちが越したころには雪が降ることはなかったが、それでも冬には霜が降り、その上を裸足で歩く。なにもフミヱに限ったことでなく、それが山の暮しだった。「山の人はね、釘を踏んでも痛くないよ」そう笑って話す人がいる。山の生活に靴は無縁であり、いつも裸足の足はたいそう丈夫。そんな意味だ。アカギレやヒビ割れた足に、薬代わりとして松脂をつける山の人もいた。

フミヱの足の裏にも、ガチガチの厚い角質ができている。そして、手足の爪のあいだには、山で働くことの証のように、どんなに洗っても落ちない汚れがたまっている。

外貌だけをいうならば、フミヱはすっかり山の女になっていた。

いつ解放されるとも知れない、毎日の仕事。なにも特別なものを手に入れようとしているのではない。ただ生きる、生きているだけで、追われるようにこなすべき仕事がやってくる。早朝から日が暮れるまで、畑と向き合い、なんとかその日家族が口にする食料を探す。どんなに労を尽くしても、素寒貧な暮らしが解消されることはない。

「日本人の乞食、これがフミヱの口癖になっていた。ここに在り」

気が付くと、これがフミヱの口癖になっていた。

あい間を見つけては、マキ拾いにも行く。食事の支度に、暖房の燃料に、マキは日々使われ、山に暮らす者にとってその調達は食料集めに次ぐ大事な仕事だった。少年時代から山に親しんでいる夫だが、彼に畑仕事やマキ拾いを期待するのは、とうにあきらめている。夫は誰もが認める知徳の高い男であるが、それだけで飯は食えない。学校の世話や村幹事の仕事は山地人の生活や将来に貢献し、彼の自尊心を少しは満たしもしようが、それで家族の腹がふくれるわけではない。夫の運ぶ生活の糧は、ほんの慰み程度のものだった。夫は一家の長であるけれど、家族を明日も生き延びさせられるのは妻の自分しかいなかった。

家に帰れば帰ったで、腹を空かした子供たちが待っている。すぐに食事をこしらえ、まあとても簡単なものだが、食べさせる。水浴びもさせなければならない。夏、子供たちは川で体を洗うこともあったが、冬場もというわけにはいかない。週に一回は、四人の子の手と足の爪を切ってやる。乳児期の一時、不注意で十分な乳をやれなかった長男の爪は、何歳になっても柔らかいままだ。そのことを気にかけ、いつも爪を切る。洗濯も、繕い物も、やってもやっても湧いてくる。

フミヱの仕事には終わりがない。けれど、そのおかげで、日々を過ごせているのも確かであった。食べる、食べていくことにすべてのエネルギーを捧げるような暮らしには、それ以外のあれこれ、例えば希望、欲、絶望、心配といったものが、心にしのび寄る隙などない。まあ、希望や欲が芽ばえなければ、絶望や心配も生まれはしないのか。馬車馬のように働くフミヱにとって、煮ても焼いても食べられぬ「感情」など、そもそも目障りなだけであった。

山にいたときが、一番いいですね。なにも考えないで。考えてもどうにもならないしね。人の畑に行って、働いて。働いた代わりにイモをもらってくる。そういう仕事。それで食べる。なんにも考えないで、ただ働いて、食べて、腐ったイモ食べて（笑）。

死んでしまったほうが楽なのに。マレッパに入った当初、そんな思いが頭をよぎらなかったといえば、嘘になる。けれど、いつしかそんなことを考える余裕すら消えていた。

第三章　戦後の霧社

長女が七つになったら家族で日本に帰ろうと、フミエは夫と話をしたことがある。子供たちに日本の教育を受けさせるためだった。けれど、そんなことはもう、夢のなかでしか叶えられない話となっていた。

台湾が日本でなくなってから八年目、フミヱたち夫婦は、ある大きな決断をする。

引き揚げ船の通知は、もう何年も届いていない。はたしてまだ日本に帰る船はあるのだろうか。いや、とっくに日本人はみんなこの島から出て行ってしまったに違いない。このまま日本人として台湾で生きていくとは、どういうことなのか。

日本人であるということが、生きるすべての面において不利に転がるのを嫌というほど知ったうえで、一家は、中華民国の国籍取得に腰を据えて取り組むことにした。何年も前から、台湾残留を認めてもらうために帰化の意向を示してはいたけれど、どこかでまだ日本人に踏み止まる気持ちが優先していた。しかし、いつまでもそんなことを言ってはいられない。この島で暮らしてゆくには、いずれ国籍の選択を迫られるのは明白だった。かつて一が教職を解かれたのは「日本国籍」が表向きの理由であったけれど、続いて得た村幹事の職もまた「外国籍」を理由に解雇されていた。夫婦は、ほとほと日本人であることの痛みを味わっていた。

帰化申請用の写真をとるためには、霧社まで降りなければならない。マレッパでの生活を始めて以来、しばしば一は山を降りていたが、フミヱにとっては初めての下界である。家族が引き揚げ船に乗るためにマレッパを離れることは、とうとうなかった。その代わり、日本の国籍を捨てるため、あの難渋な山道を下ることになった。

日本時代、警手が手入れしていた山道は、今や草刈りする者もおらず、背丈の高い雑草の海となっていた。

シュッ、シュッ、シュッ。

母の歩きやすいように、父が道々の草を刈って歩くその音を、三女の操子は大人になってからも耳に留めている。

途中七ケ所ほどある釣り橋に、フミヱの足はすくんだ。山の女性のたくましさを身につけたかのように見えても、やはりフミヱは山の女性ではなかった。一は子供たちを親戚に頼み、釣り橋を恐がる妻のために、ずいぶん遠回りではあるけれど、谷間の隘路があればそこを歩いた。

それでも、隘路が見つからず、今にも朽ちそうな釣り橋を渡らねばならないとき、フミヱは、犬のように四つんばいになり、ぐらぐら揺れる橋を進むのだった。

霧社は中央山脈のなかに咲く、小っちゃな集落。

だが、マレッパの暮らしに馴染んだ一家にとって、そこは新鮮な香りする町であった。

特に、物心ついたのがマレッパという三女操子や次男誠にとって、町の暮らしは魔法の道具に満ちていた。お菓子を並べる家。蛇口をひねると水の出てくる壁。太陽のように明るい球。いずれも、山では目にしたことのないものばかり。操子や誠は、目を丸くして霧社の町を歩いた。

フミヱは考えた。

このまま山での生活を続けてどうなるのだろう。今まで食べることばかり考えてきたけれど、それでいいのだろうか。

当時は笑い話として片付けてしまったのだが、以前、小学校低学年だった和代にこんなことがあった。マレッパから霧社に遊びに行った彼女は、知り合いの家で古くなった電球を新しいものと交換する場面に立ち会い、一瞬にして部屋じゅうが明るくなったことに感心した。そして、山の家に帰るなり言った。「母ちゃん、あのね、もうランプなんていらんよ。天井にまあるい球をつけたら、ぱっと、いっぺんに明るくなるよ」世紀の大発見でもしたような勢いで報告する娘の話を、あのときは笑って聞いていたが、実は、あれは笑い流せない出来事ではなかったろうか。

終戦の年に生まれた三女がすでに小学生、長女はもう小学校を卒業しようという年齢だ。山にいては、小学校を終えても、畑仕事くらいしかやることがない。そろそろ新しい生活を始めるときではなかろうか。

そこまでフミヱの思いが固まったのは、知り合いの中山清の助言が影響していた。

「子供たちには勉強させてあげなくてはかわいそうです。山の学校では十分な教育ができないでしょう。一さんには、仕事を探してあげましょう。だから、山を降り、家族で霧社にいらっしゃい」

中山は一の古くからの知り合いで、フミヱの同級生初子の再婚相手でもある。彼の本名は、ピホワリス。タイヤルの人だ。このとき、仁愛郷の郷長になっていた。中山は、下山家の子供の将来を案じるだけでなく、友人の下山一が当局から嫌がらせを受けて暮らす現状に、心を痛めていたのだろう。マレッパを降り、霧社で生活すれば、少しは外省人からの風当たりも改善される、それが中山の本音だったに違いない。彼もまた、一とは異なる角度から、タイヤル－日本の狭間に泣かされ生きてきた男であった。

これまで公に下山家を助ける人はいなかった。助けると、上からにらまれるからである。誰もおおっぴらに下山一家を救う言葉を口に出せずにいた。中山の申し出は、フミヱの心にことんと響いた。けれど、不安がないわけではない。申請はしたものの、中華民国の籍が本当にとれるのか。もしとれなかったら、町に自分たちの暮らす空間はないかもしれない。山を降りたからといって、外省人による嫌がらせは消えるのだろうか。霧社はよく知っている土地だけど、それは終戦前までの話。この何年かで、ずいぶん変わっているはずだ。それに、肝心の夫が町で暮らすことに消極的でもあった。

再出発

結局、家族は、マレッパを去ることを選ぶ。

先に一が単身で、ひと月後には、フミヱと子供たちが霧社に生活の場を移した。

霧社には、ちょうど弟の宏一家が住んでおり、当面はそこに身を寄せることにした。ときは八月の末で、九月に新年度を迎える子供たちの学校にも都合がよかった。

一は中山の推薦で仁愛郷公所の臨時職に就き、やがて一家は、町のはずれに家を借りた。そこは、かつて日本人が風呂場に使っていた家屋だった。

一が働き始めたといっても、いかんせんアルバイトの身分である。米一斗が約十八元の時代。規定の月給二百四十元だけではあまりにも苦しかろうと、中山は、別途手当てを含む月四百元の支給を算段してくれた。しかし、それでも、正式な職員の月給にはとても及ばない。一家六人が町で暮らすには厳しいものだった。まもなくフミヱも、霧社の供銷会《きょうしょうかい》で雇ってもらうことになる。供銷会というのは、現金収入のない山の人が、トウモロコシや豆類などの農作物、動物の皮や骨、手作りの籠などを売り、その代価で食塩など日常に必要な商品を買って帰る機能を備えた店である。もちろん山の人だけでなく誰もが利用できる。霧社の町中に住んでいる山地人はほとんどいないのだから。供銷会の長は、陳春麟という平地の人で、なんでも昔、日本に留学した経験があるという。

子供たちは、霧社の小学校へ編入した。和代は飛び級ですでにマレッパの小学校を終えていたが、授業らしい授業がない山の学校の卒業証書などあてにならない。霧社では六年生として小学校をやり直すことになった。武も、本来ならば五年生に進級しているはずだが、町の学校では四年生の教室に通うことになる。一方、まだ低学年の操子は、そのまま進級し二年生となった。

新しい学校は、なにもかもが違っていた。まず生徒がたくさんいる。先生も何人もいる。そしてなにより、みんなが北京語を話している。どうやら日本語を使うと、先生に叱られるらしい。三人の子供たちは、別世界にでも来てしまったような、心細い思いに包まれ教室の椅子に座った。山の学校でも「国語」を教わらなかったわけではないが、それこそ「私」とか「私たち」を理解する程度。みんなながなにをしゃべっているのかさっぱりわからない。下山家の子供たちは、パクパク動く先生の口をただじっと眺め、授業が終わるのを待つしかなかった。

あとで考えてみれば、一家がマレッパを離れ、戦後の再々出発を切った一九五〇年代初めというのは、霧社においても戦後の要になる動きがあった時代といえよう。そのひとつが、郵便業務の再開である。日本が去ってから霧社の郵便業務は止まっていたが、あまりにも不自由ということで、供銷会のなかに「郵便代弁所」を設け、町の郵便を再開することになったのだ。宏が気を利かせたのだろう、日本の郵便局に勤めていたフミヱの経験が上の人の耳に入り、臨時ではあるけれど働いてくれないかとフミヱに声がかかった。

そうしてフミヱは、供銷会の店員の役をこなしながら、一人で霧社の郵便業務を切り盛りするようになる。郵便の量はさして多くなく、代弁所の仕事に慣れるのに時間はかからなかった。切手を売ったり、郵便を配達したり。配達といっても、郷公所、警察、農業学校くらいしか届けるところはなく、すぐに終わる。切手を買いに来る人もそう頻繁にいるわけでない。そもそも台湾の郵便事業を立ち上げたのは日本なのだから、日本の郵便局で働いたことのあるフミヱにとって、ここでの仕事は易しいものだった。

混乱の時代。このころ、台湾では、まだ戦後の混乱の時代が続いていた。だからこそ、「外国人」であることを理由に二度も仕事を解かれた一が、帰化申請中の身分でありながら戦後三度目の公職に就くことができ、フミヱが霧社の郵便事業を任されたのだろう。混乱の時代のなか、下山一家は新しい日々を歩もうとしていた。

救済品

町の暮らしは、なにからなにまでお金がかかる。毎月給料が出るとはいえ、夫婦ともに臨時雇いの身、もらえる額は知れていた。フミヱは、相変わらず蕃布を着て働いた。洋服を着て靴を履くのが当たり前の町の暮らしで、その格好は目立ったけれど、恥ずかしいとはちっとも思わなかった。働いてお金を得ることが、フミヱにとってなにより大事なことだからだ。

霧社に降りてから、フミヱは、大事にとってあったピッコタウレの形見の和服を子供服に仕立て直した。マレッパ時代、一や子供たちが蕃布を着ることはなかったが、かといって十分な服をもっていたわけではない。数少ない子供服は、まず和代が着て、次に武が着る。操子の袖を通るころにはいくつもの継ぎがあてられた。さらに、末っ子の誠のものになるころには、継ぎのうえに継ぎをあてるという具合。さすがにスカートをきょうだい四人で着まわすことはできなかったが、男女の別のない上着は、和代から誠までお古がまわった。そうやってなんとか子供たちの着るものをやりくりしていたのだ。そして、お古の着まわしは、霧社に越してからも変わりがなかった。

これは衣服に金をかける余裕がなかったというだけでなく、まだ台湾全体が戦後の物資不足から抜け出ていないという理由もあった。このころ、台湾各地の先住民の村ではキリスト教が広く普及しようとしていた。先住民の心をつかんだきっかけのひとつは、外国のキリスト教の団体からもたらされる〈救済品〉であったといえよう。

ある日のこと。霧社に、アメリカのカトリックの団体から、古着を詰めた大きな袋が大量に届けられた。最終の行き先はマレッパとマシトバオンであったが、しばらくのあいだ霧社で保管することになり、元共同風呂という広いスペースのある下山家が置場となった。ところが、ある昼間、村長や静子の姑、宏の妻たちが数名で押しかけ、この袋の口を勝手に開けてしまう事態が起きた。一もフミヱも勤めに出ており、家にいるのは子供たちだけ。大人たちは、背広、オーバーなど、上等な衣類ばかりを抜き取り持ち去ってしまった。そして彼らは後ろめたさを感じたのだろう、一の家族の分として若干の衣服をとっておくのも忘れず、あとでちゃっかりそれを一に握らせもした。

やがて、〈救済品〉の袋は霧社を離れ、目的どおり山地に届けられたのであるが、それからが大変。目ぼしいものは抜き取られ、残っているのは見劣りする品ばかり。山の人たちは、カンカンに怒ってしまった。そして、〈救済品〉を預かっていたのが下山家であると知り、一にその疑いがかかってしまった。霧社にやってきた村人は「あなたは清い人と信じていたのに。こんな大泥棒をするとは思わなかった」と一を責めた。とことん、一はめぐり合わせの良くない男なのか。外省人ばかりでなく、身内からも痛い目にあわされたのであった。一は自分のもらった分をすべてと、直接手をつけた者たちから回収できた分を、山の人たちに返した。

人の欲とはいかに恐ろしいものであるか、霧社に降りてからも、夫婦はつくづく悩まされるのであった。

進学

町での生活が細々ながらも落ち着きかけたころ、一家が直面したのは子供の進学問題だった。長女の和代が、いよいよ霧社の小学校卒業を迎えようとしている。

台湾の義務教育は小学校まで。戦後、山地の小学校は平地の小学校と同様に六年制となっていたが、山地と平地では教育内容に差があると見なされ、山地の小学校を出た子供が中学進学を希望する場合、一年間の補習が義務付けられていた。加えて、山の子供には、学費が免除され、生活にかかる様々な費用を政府が負担し、小遣いまでも支給される奨学金制度が開かれている。そうしなければ義務教育以上の教育を受けられない、現金収入の乏しい山地家庭の事情が背景にあった。

転校した当初、級友たちに「サーコア」と言われ、ぽかんとしていた和代。サーコアは、馬鹿とかアホという意味だ。それがいつの間にか「国語」を話し、級友たちに算数の宿題のノートを貸してやるほどになっていた。しかも、ただ貸すのではない。必ずお菓子と交換だ。おかげで、親におやつを買ってもらえなくても、和代は甘いものに不自由しない毎日をおくっていた。ところで、彼女の算数の力には、担任の先生も驚いていた。計算をやらせても、早くて正確。山の学校にいて、そろばんを触ったこともないというのに、どうやって計算したのか。先生は不思議がった。算数はずっと父や母に教わっていたのだと話すと、先生は納得したようだった。先生は、一のかつての教え子であった。そして「お母さんの店に行き、そろばんを習ってごらん」と勧めてくれた。和代は先生の言葉を素直に聞き、母の仕事の合間にぱちぱちとそろばんの扱い方を教わった。そして彼女の勉強好きは、やがて妹や弟の進路にも影響を与えるようになる。

フミヱたち夫婦は、もとより子供たちを小学校だけで終らせたくはなかった。ましてや、和代は勉強好きだ。なんとしても中学に進ませてやりたい。食べるのがようやっとの暮らしから脱せずにいる下山家から子供を上の学校に進ませるには、山地人の奨学金制度を利用するしかない。夫婦はそう考えた。けれど一家は、まだ日本国籍のまま。法律をそのまま読み取れば、下山家の子供がこの奨学金を受ける資格がないことは明らかだった。

フミヱと一はあきらめなかった。小さいときから不自由な暮らしをさせている子供たちに、せめて教育の機会だけは与えてやりたい。それは切実な願いだった。一は、今は帰化の申請中だが、祖母にあたるピッコタウレがタイヤル人であったことから、なんとか受験の機会を得られないかと、ほうぼうに掛け合った。

一がこの世に生命を授けられたのは、もとはといえば大日本帝国の思惑による。それでも一の母は日本人である夫の籍に記載されず、一はまわりから日本人と言われ続けながらも、タイヤル人の戸籍に入っていた。そして青年になり、お国のため正規の兵隊になろうと日本国籍を取得。しかし、じきに敗戦。新しい支配者のもとで、国籍を理由に差別を受け、子供たちに十分な勉強をさせてやれないとは、あまりにも不憫である。

のちにフミヱは、敗戦後の歩みを振り返り、必ずどこかで誰かが自分たち家族に手を差し伸べてくれたことに思いいたる。マレッパでは、ピッコタウレの親戚。山を降りるきっかけを作ってくれた、中山清たち。一の師範学校の同窓生、かつての教え子、教育者として活躍したころの人脈。気が付けば、これらの人々が一家の直面する問題にそっと歩み寄ってくれることがある。まだ中華民国の籍をもたない下山家の子供たちが霧社の小学校に入れたのも、こうした戦前からの知り合いのおかげだった。そして、今回も、誰の目にも閉ざされているように見えた我が子の進路に、法律の抜け道が見つかった。いや、見つかったのではなく、抜け道を作り出してもらったというべきだろう。一の師範学校時代の後輩の力添えがあり、日本の血をひいた我が子が、奨学金取得の試験を受けられることになったのである。

父の釣り竿

霧社に移ってから、一は子供たちをよく釣りに連れて行った。

もともと一は釣りが好きで、渓南にいたころも、和代を隣に座らせよく釣り糸を垂らしたものだ。そのころ和代はいつも不思議だった。自分の竿にはちっとも魚が寄ってこないのに、並んで座る父の竿にはいつも魚がかかっている。

どうして父ちゃんのところにだけ魚が集まってくるの？

何度釣り竿を持ち上げても、その先になんにも見つからない和代は、あきらめて、部落にある小さな川の水のなかからアヒルの卵を拾っては家に持ち帰ったものだった。

あれから十年近くの月日が経った。

相変わらず、父は釣りが上手い。

和代は心のなかで、ふふふ、そうだったのか、と独り笑った。渓南の釣りでは、自分の竿にはエサというものがついてなかった。水面にプカプカしている浮きを、魚は食べに来るのだと信じて疑わなかったのだから、当然、父の竿にだけエサが用意されていることに気付きもしなかった。

なんだか幼いころの自分を思い出しておかしくなった。

あのころ父は、片手でひょいと自分の体を持ち上げてくれるほど体が大きかった。でも、今はもう、両手を使ったって抱っこするのはたやすくないだろう。父が小さくなったのではない。自分が大きくなった、ということなのだ。


もうじき、和代は霧社を離れる。

奨学金の試験に合格し、一年間、台南の学校で補習を受けるためだ。

このごろ、フミヱはなにかと和代を頼りにするようになっていた。夫の一は、他人からの信頼が厚く、誠実で、やさしい人である。昔もそうだったし、結婚したあとも変わらない。そして敗戦になってからも、世間の混乱に捻じ曲げられることなく、まっすぐな質を崩すことなく生きている。それは傍からみれば尊い人間と映るかもしれないが、フミヱにとっては、やや生活力にかける夫でもあった。「山地人の生活向上」という理念に燃えることはあっても、「自らの家庭の生活向上」を省みることのない夫。子供の教育問題を別として、日々の暮らしのなかで起きるあれこれを相談しても、彼の口から解決の糸が出てくるわけではない。話を聞いてくれることは聞いてくれるが、ただそれだけなのだ。いつしか、フミヱの心のなかには、夫に話しても仕方がない、そんな気持ちが芽生えていた。

一とフミヱが夫婦喧嘩をすると、すぐに子供たちは勘づいた。フミヱが口をつぐんだまま、しゃべらなくなるからである。食事時は特に顕著だ。卓袱台を囲んだ一家のなかで、フミヱはいつもお釜の隣に座り、家族みんなのご飯をよそう。けれど、一と喧嘩した日は、一の茶碗にだけ手を伸ばさない。仕方なく一は、和代に「ご飯をちょうだい」と茶碗を渡さなければならなかった。

和代は、主に母の話相手というかたちで、長女の役をしっかりと務めた。彼女はだんだんと大きくなるにつれ、母の立場というものを理解できるようになっていた。母は海の向こうから一人で嫁にきて、慣れない山の生活で自分たちを育ててくれたこと。マレッパの親戚は本当によくしてくれるけれど、母にとっては血の繋がった親戚ではないこと。母には、悩みを相談したり、辛いことを吐き出せる身内がそばにいないこと。父はとてもいい人だけど、母にとっては頼りない面も持ち合わせている男性であること。

フミヱは一と喧嘩すると、自然と和代と話すことが多くなっていた。そして母から聞いたことを和代が父に伝えると、すぐに父はなにもなかったような顔で母に話しかける。怒っている母はもちろん父を相手にしない。和代はそんな父を見て、父ちゃんはこの喧嘩をまったく念頭に置いていないんだな、と感じた。男女の情というものを理解するにはまだ幼すぎたが、それでも和代は、父と母のあいだに横たわる空気を、なんとなく肌で感じていた。

失職

仁愛郷公所の経済課の仕事を手伝っていた一は、勤務二年目、埤圳《ひしゅう》（灌漑用設備）工事の監督を任せられた。現場は、霧社の町からずっと離れた清流《せいりゅう》と中原《なかはら》であった。

清流は、日本時代には川中島《かわなかじま》と呼ばれ、霧社事件で日本と戦った部落の生き残りたちが、まさに島流しにあうがごとく移住させられた先である。そして中原は、かつて一が霧社公学校に勤務していたころパーラン社の住民が水源保護を理由に強制移住させられた先である。一は、それぞれの村に泊まりこみ数ケ月を過ごしたが、その間、村人たちと腹を割って酒を飲む機会も多かった。なかでも、日本を恨んでも恨み足りないはずの清流の人たちが、酔った席で日本人を心底懐かしそうに語るのを耳にし、一は意外であった。霧社事件を蜂起したのはセイダッカの側であるが、それを機に日本人はセイダッカの仲間たちを多数、虐殺してきたというのに。

霧社における一の再スタートは順調かに見えたが、それも長くは続かなかった。この埤圳工事を終え、霧社の郷公所に戻った矢先、一は解雇の通知を受けるのだ。あろうことか、職場で起きた横領事件の濡れ衣を、誰かが一に着せたらしい。もともとこの事件に気付き、上に報告をしたのは一自身だったのだが、いつの間にか〈罪なき第一発見者〉が〈横領の張本人〉に仕立て上げられていたのだった。新米、そして外国人である一は、悪役には格好の役だったのか。それとも、ここにも一を嫉む者がいたということか。一緒に働いている仲間も、上司も、一が無実であることを知っている。けれどそんな事件が発覚した以上、誰かが責任をとらなければ収まりがつかない。こうなってしまっては、中山にも手の施しようがなかった。一は、またしても仕事を失った。

山の暮らしなら、腐ったイモでも拾って腹に入れれば、なんとか命を繋ぐことができる。でも、貨幣社会のこの霧社の町では、働いてお金を得なければ、たちまち一家は路頭に迷ってしまう。一の落胆ぶりは計り知れないものだった。かつて教師として輝いていたころの自信も誇りも、なんの慰めにもならなかった。彼はただ、黙して自身の人生を受け入れるしかできないでいた。

ヒマ

マレッパ生まれの末っ子は、家族や友人から「マコ」の愛称でかわいがられていた。

ある日、きょうだいたちが学校から帰宅すると、一人留守番をしていたマコは腹を抱え床の上を転げまわっている。なにを聞いても、「痛い、痛い」としか答えない。急いで母のもとに連れて行くと、母はそのまま林医師のところに駆け込んだ。マコの瞳孔はかあっと広がり、もう少し遅ければ命がなかったですよ、と林医師は告げた。腹痛の原因はヒマだった。ヒマは落花生に似た形の、飛行機の燃料にもなる油がとれる植物だが、食用ではない。タイマツの代わりに用いて燃料代を倹約しようと、武がわざわざ針金に吊るして保存していたものだった。腹を空かしたマコは、それを落花生と思い込み食べてしまったのだ。大事にいたらず済んだとはいえ、貧しさゆえのこと、一家にとって長く忘れられない出来事となった。

それから数年後。小学校低学年になった彼には午前中しか授業がない。たいがい昼からは母のいる供銷会に行くのだが、遊び相手がいないとつまらない。おとなしくコマ廻しでもしていたかと思うと、じきに仲間を探しに外へ出かけるのだった。

例えば、長女の和代は、母ちゃんが一番恐いという。小さいころは父に叱られることもあったが、だんだん父とは友達のような関係になっていったらしい。けれど、何歳になっても、母だけは恐いのだと。どんなに腹の立つことがあっても、手をあげることのない母だが、いったん怒ったら、むっつり黙り込んでしまう。その沈黙ぶりがなによりも恐いのだそうだ。そうそう、まだ渓南で暮らしていたころのこと。フミヱは時々、おやつに砂糖水ジュースを作っていた。あれはなにが原因だったのだろう、和代がヘソを曲げ「砂糖水はいらん。塩水でいい」と言い放ったことがある。するとフミヱは、その言葉どおりに塩水ジュースを作り、娘の前に差し出したという。まだ小学校にも上がらぬ和代は、このとき一筋縄ではいかない母を悟ったらしい。

一方、父や母に怒られることのほとんどない末っ子が一番恐れているのは、和代姉さんと武兄さんだった。ただ、この出来事だけをのぞいて。その日、マコは仲間の少年たちと連れだって、農業学校に忍び込んだ。実の熟した枇杷をとるためだ。木登りの得意な彼はたわわに実った木に一人で登り、下にいる仲間たちに枇杷を放る役を担っていた。が、運悪く、見回りに来た用務員に見つかってしまう。そして、ほかの少年たちが我先にと逃げるなか、木の上にいるマコだけが取り残され、捕まってしまった。大変なのはそれからだ。マコは警察に突き出され、母が呼び出された。警察の人はみんな、父や母の顔見知り。「ああ、あんたの子供だったのか」と警察はすぐに放してくれたが、母の怒りは頂点に達してしまったらしい。少年期の男の子の誰もがする悪さのひとつだったにせよ、人様の物を黙っていただくことを、フミヱは心底許せなかったのだ。家に帰ったフミヱは、泣きながら息子を叱った。マコが記憶に残るくらい母に叱られたのは、あとにも先にも、この一件だけである。

瞭望台

台湾における日本統治の功罪について語る声は、他の植民地におけるそれといささか違った色合いが滲んでいる。それは、日本が台湾という島のあらゆる場所をなでまわし、ここかしこに近代国家の種を蒔いて歩いたからだ。目的がいかに利己的であったにせよ、それは、鉄道、幹線道路、港、農業、経済、文化、教育など、様々な分野で実を成らせた。ところによっては、ただ指紋をつけただけに終わったものもあるが。

霧社のダム建設は、土壌を耕したあたりで、日本に置き去りにされていた。その土壌に種を蒔き、しっかりと実をつかせようとする動きが見えたのは、ちょうど下山一家がマレッパを降りてきたころである。共産色に染まった大陸へ金をかけるのを打ち切ったアメリカが援助の手を台湾に差し伸べたことにより、台湾に中国農村連合委員会なる組織が誕生。そして、中国農村連合委員会、電力会社、林業試験所、営林署が一丸となり、霧社のダム建設が進められることになったのだ。

ひとことでダムといっても、器を作りさえすればいいのではない。上流にあたる森林の保護も、ダムにとって重要な役割だ。アメリカの援助を得るにあたり事前に調査した結果、冬になると付近の山で頻繁に火事が起きていることがわかり、それによりどんどんと土砂がダムに流れ込んでしまうのではないかという懸念にぶつかった。そこで、山火事を防ぐために付近の山々を見渡せる瞭望台が高峯《たかみね》の上に建てられ、一は臨時ながらその観測の仕事を任された。

実は、この数ケ月前から、一は電源保護站の仕事を手伝っていた。電源保護站とは、平たくいえば、ダムを支えるために地域一帯の土木や農林業の世話をする事業所といえばよかろうか。そこの林淵霖主任はマレッパ時代の一と面識があり、「指導所《しどうしょ》」と呼ばれる辺りの河川敷の苗圃で蔬菜を植える新しい事業に携わってみないかと、先の失業で肩を落としていた一に声をかけてくれたのだ。妻の稼ぎに頼り、自分は魚釣りの糸を垂らすくらいしかやることのない日々を過ごしていた男には、渡りに船の誘いだった。むろん一はこれを受け、さらには、河川敷に建つ小屋へ一家の住まいを移したのであった。

高峯瞭望台は海抜千五百五十メートルの地にあり、一は、人気のない山のなか、たった一人で住み込み勤務した。

四方の山々に火事が発生していないかを見張る。また二時間おきに、温度や湿度を計ったり、雲や風を調べたり。まるで気象庁のような細かな観測をして霧社の電源保護站に電話で報告する。それが主な仕事だ。気象観測は、森林火災の危険度を予想する判断材料となる。また、台北まで何キロ、途中どんな山があり、どんな部落があるかという、地形図のようなものを作る仕事を指示されることもあった。高峯を第一号とし、やがて立鷹《たつたか》や盧山《ろざん》にも瞭望台が建てられた。

気象観測には日曜日がない。下界の我が家に帰れるのは、ひと月に一回程度だ。子供たちは、週末になると片道三時間ほどの山道を歩き、食料や生活の細々した物を父に運んだ。といっても、一年間の補習を終えた和代はそのまま台中女子中学校に進み、和代に二年遅れて武も進学のため家を出たので、その役目は主に下のきょうだいたちに任された。

小さいころから好奇心旺盛で、父との語らいを楽しみにしている操子は、特に熱心に瞭望台へ通った。父との会話には、例えば自然の摂理、叡智ある物の考え方、子供心にも傷つくことのある感情の溶かし方など、教科書には載っていない、頭脳や精神のための栄養がたっぷりと詰まっていた。操子にとって、一は父親であると同時に、かけがえのない大事な友人でもあった。


妻と子は指導所の家に暮らした。もともと倉庫だった建物を、一が床を張り、家族が住めるよう造り変えたものだった。

フミヱは一日の仕事が終わると、三十分以上かかる道のりを、操子とマコの手をひき、母国の童謡をうたいながら我が家に帰る。

〽夕焼け小焼けで　日が暮れて
　山のお寺の　鐘がなる

よくうたうのは、夕焼け小焼け。お寺の鐘は鳴らないけれど、夕日に染まった空のもとで口ずさむには、ぴったりだ。

歌をうたうなど、マレッパの夕暮れにはあまりないことだった。あのころ、畑仕事を終えるのを見計らい、子供たちが途中まで迎えに行っても、身心ともに疲れ果てたフミヱが歌を口ずさむことなどほとんどなかった。

〽おててつないで　みなかえろ
　烏といっしょに　かえりましょう

そういえば、ずうっと昔、霧社の夕日を眺めながらこんなふうに歌をうたう日々があったっけ。お父さん、妹、弟たちと、うたったな。ふうっと、フミヱのなかの時間が、どこかへ戻っていく瞬間があった。

離れて暮らす家族のことが気にならないわけではなかろうが、瞭望台での毎日は、一に、いくらか心落ち着く時間を与えたのではないだろうか。誰にも見張られず、誰にも密告されることがない。空を仰ぎ、山を見、あるがままの自然と対峙する仕事。山地人も、日本人も、台湾人も、外省人も、なに人なんて関係ない時がそこには流れていた。と、他人は思うかもしれない。

しかし、一の心中は、この瞭望台勤務の時代、孤独感で満ち満ちていたという。水の確保が難しく、雨水を沸かし飲料水とするほどの標高の地、日々の業務から生活の細々したことまですべて自分一人でやらねばならぬ。人の声が恋しくなっても、相手になってくれるのは、吉野杉や野鳥、夜になればお星様といった世界だけ。自分の意思ではなく、時代に流され、周囲の企みに流されて、一はこの淋しい瞭望台にたどり着いたのだ。実は、一よりも先にこの勤務に就いた青年がいたという。しかし、その青年はあまりにも孤独な任務に耐え切れず、十日も経たないうちに下界へ降りる申し出をしたらしい。一にこの瞭望台行きを命じたのは、林主任ではなく、電源保護站の別の人物だった。彼は、キリスト教の伝道者でもあった。マレッパ時代から、物資で人の心を買うようなキリスト教の布教活動に、一はいい顔をしていなかった。そのことを前々から恨みに思っていた彼は、苗圃の仕事に慣れ始めた一に「観測の仕事をするか、それともクビになりたいか」と脅すように迫り、ついにはこの瞭望台に追いやったのだ。「これは台湾初のアメリカ式瞭望台で、やがて多くの人が視察に訪れるようになるだろうから、学のあるしっかりした人物に就いてもらいたいという雇い側の考えがあった」と、のちに関係者は言うけれど、本当のところ、一の瞭望台勤務はある男の個人的な恨みによる左遷だったのである。

かかし

次女の典子が小学校五年生のとき、養父が亡くなった。典子は自分がもらいっ子だとはつゆ知らず、養父をヤバ（お父さん）、養母をヤヤ（お母さん）と呼び大きくなっていた。

養母ユンガヤは、山のお医者さんとも言われる祈禱師。彼女の手にかかると、不思議なことに村人の感冒も腹痛も、ときには婦人科の症状もぴたりと当たる。そして治癒するのだ。養父は体が弱かったけれど、たくさんの豚や鶏を飼っており、惜しみなく典子に肉を食べさせた。猟をした人から分けてもらった肉も、養父母はほとんど口にせず典子に残した。典子がつく食卓には肉のないときがない、そんな家庭だった。養父母は、典子がどんなにいたずらをしても、大きな声を出さず、手も上げない。小学校三年生まで、畑に行きたいといえば、養父がおんぶしてくれた。文字通り、典子は愛情を一身に受けて育っていた。

一の母親ピッコタウレは、六人きょうだいの頭だった。弟が二人、妹が三人。妹の一人は若くして亡くなっている。ユンガヤは大人になっても末っ子のリットクといつも一緒で、あんなに仲のいい姉妹はいないと評判になるくらい。畑仕事も、食事も、なにをするのも一緒。おかげで、典子はリットクの息子たちと本当のきょうだいのように暮らしていた。

典子にとって、下山家の人々は、とても近しい親戚であった。渓南時代の想い出はほとんど薄れていたけれど、和代姉さんや武兄さんたちとはマレッパでもよく遊んだ。石蹴りしたり、鬼ごっこしたり、自宅前の松の木に登り寝そべったり。家のなかでは山の言葉をしゃべる典子だが、下山家の子供たちと遊ぶときは日本の言葉を使った。マレッパ時代、一は霧社からお菓子を買って帰るとき、典子の分も決して忘れなかった。典子にとって一は歳の離れたいとこだったが、一にとって典子は誰がなんといおうと自分の娘である。それは、フミヱも同様だった。

あそこの家はマレッパのなかでも富裕な暮らしだし、養い親もかわいがってくれるから、なんの心配もなかったですよ。養女に出した当時の心境をフミヱはそう語る。けれど、マレッパ時代、引き揚げ船の通知を受け取ったとき、まっ先に考えたのは典子のことであった。間に合わない、という事情もあったが、たとえ十分な時間があったとしても、典子を置いて日本に帰るなどフミヱにはできなかった。

一がユンガヤ夫妻に、典子を連れて日本に帰りたいと相談したこともある。けれど、彼らは「そんなことを言うなら、典子を殺す。そして自分たちも首を吊って死んでやる」、体を張って典子を渡さないと主張した。

一とフミヱは、養父が元気なうちから、典子が小学校を卒業したら、中学校に進学させたいと話していた。けれど、養父母は頑なにそれを受け入れなかった。典子を連れて日本に帰りたいと相談したときと同じように、そんなことをすれば三人で心中してやる、という勢いだった。おそらく彼らは、せっかく手に入れた娘を遠くにやると、いや、遠くにやらなくても高等教育を受けさせると、自分たちから離れていってしまうのではないかと恐れたのだろう。

妥協案としてフミヱは考えた。では、中学校はあきらめて、霧社の洋裁学校に入れてはどうでしょう。しかし、養父母は、その案にも首を縦に振ってはくれなかった。

典子は、ときどき、一本足のオバケの夢を見た。目が覚めているときも、その映像が浮かぶときがある。

夢ではなく、この目で確かにあのオバケを見たことがあるような気もするのだが、いったい、いつどこで見たのだろう。

ずっと不思議でならなかった。

小学校を卒業するとき、洋服を買うから埔里に行こうと連れ出された典子は、途中、眉渓《ばいけい》辺りの道でトラックから眺める風景にはっとした。あのオバケがいたのだ。ちょっと違うような気もするが、とっても似ている。へんちくりんな顔が描かれ、一本足で突っ立っている。

いつ、自分はあのオバケを見たのだろう。

どこであのオバケを見たのだろう。

謎はますます深まった。

実は、その謎を解く鍵はすでに典子に与えられていた。六年生のときだったろうか。山のおばさんたちが、あんたは山の子供ではなく、本当はね、下山さん家の子供なんだよと教えてくれたのだ。それは突然言われたことで、自分でも信じられなかったけれど、何人ものおばさんが言うので、ああ、そうなのかなと思わざるをえなかった。

夢のなかに出てくるオバケは、まだ物心がつくかつかないかのころ渓南で見たものだった。大人になってから和代姉さんに聞いたところによると、姉さんが友達と遊びに行くとき、自分はどこにでもついていったそうな。まだ終戦前の話だ。姉さんは小さな妹が邪魔で、田んぼのかかしを指差して言った。「あんたね、これより先もあたしたちについてきたら、あのオバケが、あんたの首をつかむよ」。脅かされた自分は、その一言ですごすごと家に帰って行ったらしい。その当時、ころころとよく肥えていた典子は、一の同僚の若い先生から「のこちゃん」の愛称で呼ばれていた。まるい体をペンギンのように揺らして歩くその様を見て、同僚先生は「のこのこのこちゃんがやってきた」とかわいがったものだ。自分を「のこちゃん」と呼んでくれた人の存在はすっかり忘れてしまったが、幼心におっかないと感受したかかしの姿はずっと頭の隅に焼きついていたのだった。

典子は出生の秘密を知ったそのあとも、養母をヤヤと敬い、マレッパの家で暮らした。

帰化

一九五五年、一家は、中華民国の一員となった。

なぜか、政府から届いた「国籍許可証書」の日付は、一年も前のものだった。

このときから、フミヱは、下山フミヱという名前を封じ、林文枝を名乗るようになる。

下山一は、林光明になった。

同時に、弟の宏一家、南方から生還した静子の夫・佐塚昌男たちも、日本国籍を捨て中華民国に帰化した。

山の人々の人権や暮らしを守るという建前により、よその者が山地人の生活空間に立ち入るには「入山許可証」が必要とされている。霧社もその許可証が要る土地のひとつだ。

そんなこともあり、戦後十年ほどが経とうとしても、霧社に足を踏み入れようとする日本人はいなかった。霧社事件の生々しい記憶が日本人を遠ざけてもいるのだろう。あの事件からたった二十数年しか経っていないのだから。

が、やってきたのである。しかも、郵便代弁所で仕事をしているフミヱの目の前に。それは一家が中華民国の国籍を得てまだ日の浅いころのことだった。

マシトバオンで鳥居さんとさよならして以来、初めて見る日本人。彼は、読売新聞社の奥村隆と名乗った。読売といえば、偶然にもフミヱの上の弟・昌三が勤めていた新聞社である。

遠く遠くにかすんでいた祖国や日本の家族が急に近づいたような、長い長い夢からいっとき覚めたような、日本人との出会い。

その出会いがもとで、フミヱの両親は、娘の無事を知るのだった。

両親は戦後まったくフミヱと連絡がとれずにいたのだから、その生死すらわからなかった。いや、引き揚げの終わった島から戻ってこないということは、娘一家の命はすでにないものとあきらめていたかもしれない。

すぐに父は娘に手紙を書いた。国際電話を自由にかけられる時代ではない。手紙だけが、日本と台湾を結んだ。〈台湾　霧社　下山一様〉それだけで郵便が手元に届くほど、霧社は有名で、狭い。しばらくの時を経たのち、日本の下山家からも手紙がくるようになる。そして、治平がとうに他界していることを知らされた。

あるとき、フミヱはトケイソウの種を乾かし、便箋のあいだに七つの種を挟んで封をした。季節がいくつか過ぎ、トケイソウの花を咲かす庭の写真が日本の家族から送られてきた。花の種は自由に海を渡れるけれど、中華民国に帰化したフミヱには泳いで故郷に戻ることも許されなかった。

第四章　異国人家族

誘い

つつましいながらも、フミヱのまわりには穏やかな時間が流れていた。

豪勢なおかずはないけれど、白いご飯を口にできる毎日。

朝食を食べる前には、仏壇に白いご飯をお供えするのを欠かさない。仏壇には、義母ピッコタウレの爪と髪の毛、そして子供たちのヘソの緒がしまってある。マレッパ時代は、イモでもなんでも、あり合わせの供物しか用意できなかったが、これであの世のお義母さんも少しは安心して下さっているだろう。

けれど、決して余裕ある暮らしではない。いつもきゅうきゅういっている。フミヱと一、どちらも給料をもらっているが、二人合わせたって、公務員一人分の月給にも満たない額なのだから。また、親元を離れ生活する娘や息子には、汽車賃、そしてわずかでも小遣いを渡してやりたい。風邪をひいたと手紙がくれば、近所の林医師のもとに走り、薬を送ってやらねばならない。フミヱは、生活をできる限り切り詰めていた。

ようやっと蕃布を卒業するようにはなったが、かといって持っている洋服は数えるほどもない。子供たちが相変わらずお下がりの服を着まわしているように、フミヱも季節に関係なく同じ服を着た。霧社の冬は洗面器の水が凍るほど寒いが、メリヤスの暖かな下着を買う余裕などあるはずがなく、冬になるとフミヱは薄いブラウスと背中のあいだに折り畳んだ新聞紙を入れ、寒さを和らげた。

ある日、家に戻っていた一のもとに、懐かしい人物が訪ねてきた。師範学校の同級生、黄萬益だ。彼はずいぶん出世していた。妻の男性問題で心の傷を負った黄は、離婚後、大陸や日本との密貿易などの商売に精を出し、日本でも会社をいくつか抱えるほどの大金持ちになっていた。

同級生の出世ぶりに、一は驚いた。しかし、それ以上に、将来を有望視されていた下山青年の変わりように、黄は言葉を失った。あのはつらつとした下山青年の面影はなく、生活の困窮が滲み出ている同級生。多くを語らなくても、そこから敗戦後の苦労が読み取れた。

そこで黄は申し出た。

僕がお金を出すから、一度日本に帰ってはどうですか。そして、向こうからピアノでもなんでも買って来てごらんなさい。台湾で売れば、ものすごいお金になりますよ。

どこをどう探っても、日本への旅費をひねり出すなど、一やフミヱにはできやしない。願ってもない話である。なのに、男の会話に普段は口出しなどしない、しかも誰よりも日本を恋しがっているはずのフミヱが、この救世主の誘いを断わってしまう。

黄さんは、確かに一さんと仲良かったみたいですねえ。でも、やっぱり迷惑ですもん。いくらお金をもっている人でも、(他人の旅費を出すなんて)迷惑になるでしょう。そんなんしてまで(迷惑かけてまでも)帰りたくない。返すアテもないしね。

のちに、新婚時代にフミヱも面識のある、一の高等科の同級生畑夫妻が日本からやってきて、帰国費用の援助話を持ち出したときも、やはりフミヱは断わってしまった。

黄にしろ、畑にしろ、異国に取り残された友人家族を救いたい一心だったのだろう。金の返済も、見返りも、なにを期待したわけではない。けれど、その思いは、フミヱという頑固な女には通じなかった。

人に迷惑をかけない。

祖国に帰るときは、自分たちのお金で帰る。

いったんこの考えが根っこを生やすと、もう誰がなにを言おうとだめなのだ。目の前に転がっている日本行きの切符を拾うことが、フミヱにはどうしてもできないのだった。

黄萬益は、その後もなんどか下山家を訪れ、言った。

それでは、資金を貸すから、土地を買って果樹園でも開いたらどうでしょう。桃でも、梨でも、好きな物を植えればいい。山の人たちと一緒に仕事をして、儲けなさいよ。もしも失敗したら、そのときはそのとき。お金は返さなくてもいいですから。

黄は、庶民が生涯働いても手にできないほどの金額を提示した。その話を聞いた弟の宏は、ぜひともそのお金で商売しようよと沸き立った。友人の中山清も、せっかくのチャンスだ、臨時の雇われ屋など辞めて、それで新しい人生を切り開いてはどうかとアドバイスした。

けれど、一は最後までウンと言わなかった。フミヱと同様、人の金を元手に暮らしを楽にしようという発想が一には微塵もないのだ。彼は、金儲けとはかけ離れた場所に生きる人間だった。

そんな同級生を察した黄は、無理をしてお金を持たせても、他人に騙し取られるだけだと思い、それ以上の言葉を一夫婦にかけることができなかった。

アコッペのおじさん

指導所の家と別れを告げるときがやってきた。霧社のダム建設がとうとう具体的になり、立ち退きを迫られたのだ。今度の我が家は、霧社の町のなかにある山地人の招待所。これはもともと大正十年(一九二一)に警手官舎として建てられたもので、戦後は、山の人が霧社に降りて来たとき無料で泊まるための宿となっていた。しかし、長いあいだ掃除する者もおらず、周囲は糞尿だらけ。近頃は誰も利用しない空き家となっていた。一はこの建物を借り、手を加えて家族が住めるようにした。

ここに越すずっと以前から、ある意味、下山家は無料宿泊所であったといえよう。マレッパ時代、下界からの客は決まって下山家に顔を出した。その都度、一家は寝床を提供するばかりか、白米や鶏肉など、自分たちが普段口にしない貴重な食料でもてなした。そして、霧社に降りてからは、山の親戚が泊まりにくると、やはり食事をふるまい、土産まで持たせて見送る。これはもう習慣となっていた。

どうも、山の人々は、一たちの稼ぎを大いに勘違いしているらしかった。現金収入の機会を得ることの少ない彼らは、夫婦揃って外に勤めに出ていると聞くと、たんまり給料をもらっているように思えてならないらしい。親戚だけでなく、あちこちの山の知り合いが、ちょくちょく下山家を訪ねていた。

いつも米や味噌を買っている店の主人、アコッペのおじさんは不思議がって、ある日、フミヱに聞いた。

あんたたちの家族で、どうやってそんなにたくさんの米を食べるのかい?

アコッペは、子供がお使いに行くと必ず飴玉をひとつおまけにくれる人のいいお爺さんだ。フミヱは「アコッペのおじさん」と呼んでいたが、かなりの高齢である。つい二、三日ばかり前、一斗の米を買っていったのが、またツケで米を買いにくるなんてことがしばしばあったから、下山家の米消費量を心底不思議に思ったのか、それとも別の意味があり問うたのかはわからない。これこれしかじか、フミヱは正直に答えた。

すると、アコッペは諭すように言った。

子供たちもまだ小さいし、これからもっと金がかかるよ。今でさえ、大変な暮らしをしているのだろう。いくら親戚や知り合いだからといって、そこまで面倒を看なくてもいいのじゃないかい。

フミヱはいつもアコッペのおじさんの店で「あるとき払い」の買物をしていた。給料が出て、ツケを払おうとおじさんの店に行っても、彼は全額を求めない。たまっている借りをきれいに清算しようとすると、フミヱの財布には一元たりとも残らないのをわかっているからだ。

アコッペの話はもっともである。もしかしたら、おじさんはなにもかも知っていて、少しでも下山家の家計の負担を軽くさせようと助言したのかもしれない。けれど、自分たちが六年半ものあいだマレッパにこもり生き長らえたのは、親戚たちをはじめとした山の人々のおかげなのだ。山からお客が来たときにささやかなもてなしをすることは、どうしても止められなかった。

風の強いある日、アコッペのおじさんは、あっけなくこの世に別れを告げた。乗っていたトラックが、強風にあおられ川に転落したのだ。おじさんは、埔里で上映中の、宮本武蔵が立ち回る日本映画を観るために霧社を出たらしい。

あんなにいい人でも、こんな死に方をしてしまうのかしら。

町の人だけでなく、アコッペを知る近隣の山の人たちも、彼の死を悲しんだ。

郵便局①

郵便代弁所の開設から三年ほどが経ち、いよいよ霧社にも正式な郵便局が開かれることとなった。場所も、供銷会の間借りから、日本時代に郵便局だった建物に移る。

フミヱは臨時の扱いのまま、仕事を続けることになった。代弁所時代はなにからなにまで、そう、配達までも一人でこなしていたのが、今度は、郵便局長と、郵差《ようさい》と呼ばれる配達専門員、そしてフミヱの三名体制だ。郵便局の仕事は、なかなか忙しい。朝、出勤すると、まずは掃除。そして昼と夕の一日二回、埔里から届けられた郵便物を仕分けする。それ以外の時間は窓口に立ち、切手を売ったり、書留の手続きをしたりなど、郵便業務をこなす。毎日の仕事の流れはざっとこんな感じである。

経験があるからというだけでなく、フミヱはこういうきちんきちんとした仕事が好きだった。性にあっているのだろう。淡々と事を進めれば、収まるべき穴に確実に収まっていく。そういう手ごたえが気持ちいい。

代弁所では郵便だけを扱っていればよかったが、郵便局では、それに貯金や保険などの業務も加わった。それらの扱いは主に局長の担当だったが、山の知り合いが来ると、フミヱが貯金や保険の大切さを説明することもある。しかし、現金を預けることに慎重な態度をとる山の人も少なくない。日本時代の痛い経験が影響しているのだ。

かつて日本の警察は、山地人の収入や財産を事細かに管理していた。一例を挙げれば、どこまでそれが正確であったかは疑問だが、村にいる犬や猫の数にいたるまでを把握し、上に報告していた。プライバシーのない社会では、個人の郵便貯金、銀行預金を一円単位で調べ、「高砂族ノ貯蓄」統計もとっていた。

ある山の人は言う。

私らは、言われるとおりに郵便貯金をしてきました。でも、戦争が終わり、日本人がみんな帰るという噂を聞いたので「今まで出したお金を下ろして欲しい」と日本人に頼みに行っても、下ろしてもらえなかったです。「あんたたちは日本に帰らないのに、どうして貯金を下ろすの？　そのままでいいでしょう」って。たくさんのお金を預けたけれど、とうとう戻ってこなかったよ。

日本が負ける前ね、飛行機がいっぱい飛んで来たの。どうなるのかねえと思っとったら、本当に日本が負けてしまった。心配よ。私たちの生活は、これからどんなになるかねえ。中国人が来てね、私たち仕事するとき、私たちの鼻にね、紐をつけてひっぱるんじゃないかって話しとったよ。

新しい時代になっても弱者の立場から脱せずにいる山の人々からすれば、支配者に集められる貯金という制度は、信用するにはまだまだ時間のかかるものだった。

毎月二十四日の晩には、一ケ月の集計作業が待っていた。

普通郵便何件、書留何件、いくらの切手を何枚売った、だから何枚残っている、など。郵便貯金の計算も大変だ。なにせコンピューター計算の時代ではないのだから。誰がいくら、誰がいくら、だから合計いくら、とそろばんをはじいていく。翌日には埔里の郵便局にこの集計を提出しなくてはならないので、一元の狂いも許されない。貯金は林局長の担当だったが、彼一人ではとうてい間に合わない。局長はどうも計算が得意ではないらしく、フミヱや郵差も、夜遅くまでこの計算を手伝った。

当初、埔里第一支局という扱いでスタートした霧社の郵便局も、やがては独立した郵便局として認められることになる。

また、山岳地ならでは、という仕事もあった。

徴兵制のある台湾では、年に三回、兵士の給料が出るのだが、山奥に暮らす留守家族がそれを受け取るのは一苦労。そこで霧社の郵便局では、兵士に頼まれて、局員が山の留守宅を一軒ずつ配り歩いた。旧暦の五月五日、八月十五日、そしてもう一日。毎年この時期になると、埔里から郵差が一名応援に駆けつけ、手分けして配る。フミヱは、霧社近郊の盧山、タウツァー、トロックなどを日帰りで。郵差の男性二人は、ムカブーブ、マシトバオン、マカナジ、マレッパなどの遠方を二泊して。現金収入を得る機会の少ない山の家庭では、給料を背負った郵便局員の到着を首を長くして待っていた。

日頃、霧社の郵差が配達する区域は、こんなに広くはない。盧山やタウツァーなど郵便代弁所がある地区は、車で埔里から直接届けられ、また、マレッパのような車の通らない村の郵便物は霧社に保管しておき、誰か村人が霧社に降りてきたときに託す、という方法をとっていた。郵差が担当するのは、霧社とサクラくらいだ。といっても、ダム造りや、台湾本島を東西に横断する大きな道路の建設などで、人の数は以前に比べずっと増えた。郵便物も、代弁所時代より断然多い。緩やかとはいえない勾配が続く霧社で自転車のペダルをこぐのはなかなかきつい仕事で、郵差には体力ある若い男性が採用されていた。

埔里から霧社へは、車で一時間ほどの道のりだ。しかし、この道がなかなかの曲者だった。右手から迫る山々、左手に横たわる川、そのあいだをすべり込むように繋がる狭い道路。途中には、ひときわ険峻な崖が顔を見せる「人止め関」もある。人止め関は、その昔、征服しようとやってきた日本人の侵入を、この峨峨たる地形を利用して山の民が食い止めたことに由来し名付けられたという。

こんな山道は油断ができない。大きな暴風雨がやってくるとたちまち土砂に埋まったり、豪雨が続くと川が氾濫したり。人間の手によって開かれた道も、その利用は自然の営みに委ねられていた。何日も、ときに何ケ月も、道路が閉鎖してしまうことがあった。車が通わなければ、郵便物を歩いて運ぶしかない。米や小麦粉などの食料をヘリコプターで霧社に運び入れるときは、郵便物もそれに便乗させたが、大きな荷物がないときは、誰かが郵便物を担がなければならなかった。埔里から眉渓までは、埔里の郵便局員が運び、そこから先は霧社の郵便局員が担当する。いつの間にか、そんな決まりができていた。

まだ郵便代弁所だった時代、霧社の郵便にかかわる作業はフミヱ一人の肩にかかっていた。埔里からの道が閉鎖された際、サンタクロースのような大きな袋を担ぎ、霧社への道を登ってくるフミヱの姿を町の人たちは目撃していた。そもそも車で運搬するように縫われた郵便袋は、ぎっしりと中味を詰め込まれたうえ、持ち手など付いていない。傍目にも、どんなにそれが重く、運びにくいか、容易に察しがついた。それに、彼女が毎日のようにはいている黒いスカートと、大きな郵便袋の組み合わせが印象的でもあった。

背を丸め、黙々と郵便袋を担ぎ歩く姿に、あるとき電源保護站の林主任がねぎらいの言葉をかけると、フミヱは立ち止まり、一言答えた。

「だって、仕方ないですもん」

林主任は、普通の平地の女性だったら、まずこんな仕事はしないだろうな。誰かほかの人に頼むだろうに。そんなことを思いながら、しげしげとフミヱを見つめた。

郵便局②

郵便局にはいろんな人がやってくる。

郵便局に限らず、床屋や雑貨屋など、人の集まる場には情報交換の楽しみがある。長々とおしゃべりしていく人も少なくない。ただ、フミヱは、人から聞いた噂話を安易に横流ししなかった。人が面白がる陰口も漏らさない。なにも頑なな意思をもってそうしているのではなく、耳に入れた話をむやみにおしゃべりの種にしないというのは、フミヱにとって娘のころから身についたたしなみだった。だから余計、顔見知りが安心してあれこれ話をしていくのであった。なかには、そんな口数少ない彼女を物足りなく感じたり、変わり者だと思う人もいるかもしれないが、フミヱには他人の目を意識して自分を崩してしまうより、自分の芯を守ることのほうがはるかに大事なのである。

フミヱは「日本人のおばさん」として、霧社のなかで誰もが知る存在となっていた。「国語」のできない郵便局員はけしからんと責められることもなく、日々の仕事を日本語でこなしている。いくつかの北京語の単語は覚えたけれど、フミヱを「日本人のおばさん」と認める客たちがいつも日本語で話しかけてくるので、なかなかそれを使うことがなかった。

一般民衆に新しい「国語」が深く浸透してはいないこの時代、山の民と平地人が交わる霧社の地では、生活のなかの共通語として、日本語がまだ枯れることなく生きているのだった。

ある日、小さな事件が起こった。

窓口に立つフミヱの前にふらっと一人の男が現れて、そのまま勝手に奥へ入ろうとする。見たことのない男だ。とっさにフミヱはカタコトの北京語と日本語を入り混ぜ、叫んだ。

「プシ、プシ。だめです」

こんなとき、どんなふうに声をかければいいのかわからない。日本語以外に、思いつく中国の単語「不是」を連呼するしかなかった。

ところがこれを聞いた男はたいそう激怒した。「プシ、プシ」とは何事だ。もっと丁寧な言い方があるだろう。それが客に対する態度か。相手のまくしたてる言葉は北京語らしく、詳しい意味はわからないが、おそらくそんな内容だろう。男の怒りはしっかりフミヱに伝わった。しかし、どこをどう探しても、それを弁解する北京語がフミヱには見つからない。

結局、林局長の登場で事はおさまった。男は外省人であった。局長は「失礼があったようで、どうもすみませんでした。この人はまだ『国語』ができなくて……」丁寧な北京語で謝った。

フミヱが新しい「国語」をしゃべれないからといって、郵便局で騒動になったのはこの一度きりだ。別に、進退問題に発展したわけでもない。

この騒ぎに関係なく、「日本」を敵視する匂いがふんぷんと漂う国民党政権のなか、中華民国に帰化したとはいえ、「日本人のおばさん」が郵便局の窓口に立っていられるのは、不思議といえば不思議である。霧社という土地柄を差し引いてみても、日本人が日本語を話し、郵便局で働けるとは。

もしもフミヱが女ではなく男だったら、こうはいかなかったかもしれない。また、人からは変わり者と見られようとも、頑として余計なことを口にしない彼女だからこそ、この職に就くことが許されていたのだろう。

　その後も、定年で職場を去る日まで、フミヱはずっと「日本人のおばさん」として親しまれ、日本語のまま窓口に立ち続けるのだった。

お正月

　郵便局に勤めるようになり、まもなくして、霧社で四軒目の我が家に引っ越した。今度の家は、郵便局の裏手にある建物だ。四畳半と三畳の部屋に便所付き。日本時代は単身者の宿舎として利用されていた、これまた年代ものの家屋であるが、文句の言える立場ではない。一は慣れた手つきで、水浴びするための垣根や炊事場を取り付けた。

　このころ、霧社とその近郊ではやや物騒な空気が漂っていた。台中から花蓮《かれん》方面に抜ける横断道路の建設が進められていたのだが、その支線が霧社にも通ることになっており、大勢の者がこの山岳地にやってきた。道路造りに駆り出されるのは、囚人たちである。台湾人もいたが、大陸からやってきて台湾で罪を犯した者たちのほうが多いという噂であった。就寝中の班長の頭を石で殴り殺す者。見張り番の隙を見て逃げ出し、部落に紛れ込もうとする者。そんな囚人の話も伝わってきた。彼らの存在は住民の不安を大いに煽るものだった。山を開き、道を作り、アスファルトを入れるまで、二年ばかりかかっただろうか。その間、霧社の警察は夜間の見回りを実施し、住民たちに戸締りを徹底させた。

新しい家に越してからも、家族の顔ぶれは、子供の学校事情にあわせ忙しく入れ替わった。中学を卒業した長女が戻ると、今度は三女が中学に進むため霧社を離れ、長男が戻ると、やはり進学のため次男が霧社を離れるというように。三女の操子が小学校を終えるころには、もう「補習」という制度はなく、受験に合格すればそのまま中学に入学できた。そして一も、高峯の瞭望台に五年勤務したのち、霧社の電源保護站に職場を移し、家族と寝食をともにする生活に戻った。また、そのうち、郵便局の敷地には、林郵便局長の一家と、葉さん一家も越してきて、下山家の隣人となるのであった。

ところで、マレッパに身を寄せているあいだ、一家は細々ながらも正月を祝っていた。まあ、豪勢なお節料理が並ぶわけではなく、普段よりほんのちょっぴりおかずを増やす程度なのだが。日本人がやってくる以前、タイヤル人には、新しい年を迎えるという概念がなかったらしい。日本人が山の生活を管理するようになり、やがてマレッパの人々も、新暦の正月には、粟餅や黍餅、特別なおかずをこしらえて、仕事を休み、みなで新年の到来を祝うようになる。正月の習慣は、山の人々のなかにしっかりと染み込み、日本が去ったあともそれは続いていた。かつて山の女性たちは、日本の女がするたいがいの仕事を習った。警察官の奥さんが先生だった。針仕事を覚え、赤ん坊の着物を縫った。日本人の客を喜ばせるために、煮しめやテンプラが作れるようになった。お客さんがみえたら、相手よりも先に自分からお辞儀しましょう、一番偉い人には一番先にご飯を出しましょう、そんなことも教わった。戦後十余年、みっしみっしと中国人ふうの暮らしが山に押し寄せる日もそう遠くないだろう。まるでソーダー水の泡のように、しゅわしゅわと日本の刻んだ時間は消えていくに違いない。しかしながら、新暦のカレンダーで正月のごちそうをこしらえ、初春の祝い酒を交わす山の正月は、十年後も二十年後も、いや、まだまだそれ以降も続くに違いない。

もともと旧暦のリズムで一年をおくっていた平地の人々は、日本の敗戦を機に、新暦から旧暦の正月に戻っていた。元旦には爆竹を鳴らし、自分たちの本当の新年を迎えるのだ。ほんの十数年前まで新暦の正月に神社が初詣で賑わったのは、まるで夢のなかの出来事ではなかったかと思えるほどに。

平地人が多く移り住んだ霧社の町も、旧正月を祝うようになっていた。そして下山家はマレッパを降りてから、ささやかではあるがふたつのお正月を味わっていた。新暦にごちそうを少し。そして、旧暦もよその家を見習い、娘たちが大根餅などを準備する。大根餅は、隣の宿舎に越してきた林郵便局長の奥さんから教わったものだ。「あたしたちは一月一日がお正月だけど、台湾の人たちは違うのね。おかしいね。どうして一緒でないのかしら。台湾の人たちに合わせたお正月はちっとも気分が出ないわ」。フミヱはそう言いながらも、娘たちが腕をふるった台湾の伝統料理に箸を伸ばすのだった。

けれど、やがて下山家では新暦のお正月をしなくなる。確か、フミヱの父が亡くなったとの知らせを受けた翌年あたりからのことである。

郵便局の敷地内に暮らすみっつの世帯。野菜を植えたり、洗濯したり、生活の細々したことを一緒に行う、家族ぐるみの付き合い。

フミヱは、家のなかのことをあまり外に出さないようにしているが、こう近くに暮らしていては、自ずと知れてしまうこともある。「あそこは夫婦揃って給料もらっているんだから、余裕のある生活よ」とよその人間は見ているようだけど、隣家の人々は、その財布事情を知っていた。葉家の窓がガラッと開いて「おばさーん。タケノコあるから、炊いてお菜にしない？」なんて声がかかったり、局長の家から「風呂に入りに来なさいよ」なんて誘いもよく受ける。まだ親密な近所付き合いが残っている時代のこと、互いに足りないものを分かちあう、そんな空気がこの敷地内にも流れていた。特に、林局長はフミヱの上司という立場でもあり、その生活を気にかけてくれているようだった。フミヱと局長は職場で始終顔を合わせ、家に帰っても隣同士で仲がいい。しまいには誰が言い出したのか、二人の関係に色をつけるような、あきれた噂までたつ始末。もちろん、事実無根の話なのだが。

隣家の人々は、山の知り合いたちが頻繁に下山家を訪れて酒盛りしているのも、フミヱが夫に逆らわずそれに付き合っていることも知っていた。また、泥酔のため一が失禁してしまった蒲団を黙々と片付けるフミヱの後ろ姿も知っていた。当時まだ少女だった局長の娘は、何十年ものち、かつての隣のおばさんにこんな印象が残っているという。――なにか家のなかで腹の立つことが起こったら、人間は怒るでしょ。でも、あのおばさんは一回も怒ったことがないの。涙を流すの見たこともないし。ずっと我慢して。よいお母さんで、よい奥さん。苦労していても、それを絶対、外に出さない人で。

葉一家は、戦前から下山家の知り合いであった。葉家の主婦・サマは、元孤児で、幼いころ日本の警察官・村上部長の家にひきとられて育っていた。葉家の主は、日本時代、午前は霧社分室の仕事、午後からは散髪の仕事をし、彼も日本と深い関係をもっていた。霧社事件のおぞましい後始末も体験している。そして昭和元年生まれの娘・綉清《しゅうせい》（日本名清子）は、霧社の日本人社会のなかで育った女性だった。戦後霧社の町に移ってきた人が多いなか、葉家は日本時代からの霧社をどっぷりと見てきた一家であった。

話は、時間を大きく旅するが、マレッパに入ってから、分別のない人間たちの作為によって一がスパイ容疑をかけられ、たびたび当局の呼び出しを受けていたことを、夫婦はずっと内緒にしていた。実の子にさえもである。親の苦労を見せたくないとの気持ちと、国民党政権への反抗心を抱かせてはいけないとの配慮からであろう。一の口からそのことがもれるのは、ずいぶんあとのこと。彼があの世に旅立つ寸前であったという。……のちに清子は「スパイ容疑で、一先生は何度も呼び出し受けていたの。日本人が山のなかで部落を煽動してるって。一先生がそんな立場に追い詰められていたことを、ほかの人は知らない。でも、中山先生（当時の郷長）は知っていた。それで、マレッパから降りてきなさいって誘ったの。だけど結局、一先生は霧社の郷公所に勤めてからも、密告受けたりしてね。私はね、あとになって霧社の警察の人から聞いたんです」と証言する。そして、また、「フミヱおばさんは、人嫌いってわけじゃないのよ。一先生の件があるでしょ。うっかりモノをしゃべったら政治に関係する、だからなんにも言わないことにしていたの。子供たちにもそうしつけていたの」と語る。

遠視

中学を卒業した和代は、霧社の郷公所にアルバイトで勤め始めた。なかなか働き口のない霧社という場所で、郷公所の仕事はたやすく就けるものではない。これも一の古くからの人脈がものをいったようだ。といっても、和代はすき好んでこの職に就いたわけではなかった。もっと勉強したい。そんな思いが心の隅に眠っていた。

和代がまわされたのは文書課というところで、来る日も来る日も決まった書類を決まったように処理していく。まあ、さして面白くもない、どちらかといえば退屈な仕事であった。それでも、まだ学校に通う弟や妹がいる長女として、しぶしぶ郷公所に通っていた。

だが、やがて、彼女の進学欲が目を覚ます日がやってくる。

和代の選んだ進学先は、師範学校。「これからの時代は、中学校を卒業しただけじゃあ足りないよ。もっと勉強しないとね」、郷公所の上司がさりげなく言った言葉が、和代の背中を押したのだった。

問題は、両親の説得だ。養女に出した上の妹は、お金の問題ではないにせよ、中学どころか洋裁学校にも進めなかった。自分は女で、下の弟はまだ小学生。退屈であっても役所の仕事は安定している。他方、師範学校にはお金がかかるのだ。両親が黙ってこの選択を受け入れてくれるとはとても思えない。

案の定、母は猛反対であった。母自身、女学校という高等教育を受けた身であり、教育の大切さを理解しているはずであったが、それでも家の貧しさには勝てない。義務教育の小学校を終え、補習、中学まで出すのが精一杯の母心であった。嫁に行くまで郷公所で働いて、家計を少しでも助けて欲しい。そんな思いが強いようだ。どんなにお願いしても、フミヱが長女の進学に賛成することはなかった。この件に限らず、なににおいても母は頑固なのだ。まず、お金がかかることはだめ。小さいころから歌や踊りが大好きだった下の妹の操子が、夏休み、救国団に参加したいと訴えても、そんなところには不良がいるかもしれないし、第一、費用がかかると、その参加を認めなかった。教養の足しになるような子供の雑誌くらいは買うことがあっても、基本的には、最低限の生活をおくるため以外に、母が財布の紐を緩めることはない。

一方、父の反応は違った。おまえが勉強したいのだったら、勉強しなさい。最後には、そう言ってくれた。

そして長子の彼女は、郷公所に二年勤めたあと、屏東《へいとう》の師範学校に入った。

のちの世の人が聞いたらなかなか信じてもらえないだろうが、このころ霧社では土地の所有権がかなりあやふやだった。とった者勝ち、という面があったのだ。一も、霧社のなかで小さな畑を耕しトウモロコシや南京豆などを植えていたのだが、あるとき、ここに事務所を建てたいから畑を譲って欲しいとの話がもちあがった。相手は、工務段という公の機関だった。一が土地と作物の代金を弾き出し千元という金額を工務段に申し出ると、話はすぐにまとまった。結局、その千元は、和代の学費の一部となるのだった。

中国語で「遠視」という言葉がある。

大人になってから、和代は思うのだ。父ちゃんは「遠視」だったのだなあ。目の前にあることだけでなく、遠くの将来までを見通していたのだなあ。もしも教師になっていなかったら、自分はどんな暮らしをしていたのか想像もつかない。

和代の師範学校進学は、ちょうど武の中学卒業と重なった。

武は、それ以上学業を続けることをせず、霧社に戻ってきた。父や母は長男である武の進学を強く望んでいたようだが、彼自身がそれを拒んだのである。武は、長男という理由だけで、あまり勉強の得意でない自分が上の学校へ行くよりも、昔から成績がよく、本人も希望している和代姉さんの進学を応援するほうを選んだのだった。

やがて、武は、欠員の出た霧社の郵便局で郵差として働き始める。午前の配達を済ますと、急いで家に帰り、朝炊いたご飯をよそって、漬物を齧り、これまた朝の残りの味噌汁をすすり、昼飯とする。のんびり休む間もなく自転車にまたがり、また午後の配達に戻る。武の仕事はこういう忙しさなので、同じ局に勤務していても、フミヱと武が顔を合わせる時間はそうそうなかった。

武は二年ほど郵便局に勤め、その後は様々なアルバイトに精を出した。都会に出れば臨時の仕事はいくらでも見つかる時代で、そのために霧社を離れることもあった。また、雇われ仕事のほかにも、季節に合わせタケノコや野生のトケイソウなど霧社の山の幸を採り、町で売るという金儲けもした。特に、タケノコは儲かった。都会で一日働いてもらえる賃金の十倍ものお金を、朝、タケノコ掘りに一汗流すだけで稼げるのだから。

小さなころから家計を助けることに骨身を惜しまなかった長男。そうそう、弟がまだ小学校に上がる前、誤って口にしたヒマは、武が燃料代の節約のために用意したものだった。また、マレッパではマキになる木を拾い集め担いで家まで持ち帰るのがフミヱの役だったけれど、霧社に移ってからは、それは金を出して買うものとなっていた。だから、武は時々きょうだいを湖畔に連れて行き、熱心にマキ拾いもした。ときには、どこからか流れ着いた太くて天井に届きそうな丈の木材を運ぶことも。彼はそんな息子であった。ある面で、彼はきょうだいたちの父親役を担っていたともいえる。「家族が明日口にする米を手に入れることに、はたして一は熱心か」と問われれば、首を横に振らざるをえないだろう。子供の進学問題にはどんな苦労をも惜しまない一だったが、家計への関心はかなり希薄だった。

のちに一は、長男の武が家に金を入れることに熱心なのは、当然の成り行きかもしれなかった。長男に中卒で働く選択をさせたことについて、悔やむ言葉を残している。——そもそもマレッパの学校にいたハンディーもあるし、台中で一番の中学校に進めたものの、手続きの関係で、みなより入学が数ケ月も遅れてしまった。それでも、多くの友人たちが落第するなか、息子はいつもぎりぎりの及第点をとっていた。本人はもっと余裕をもって勉強したかったのだろう。留年をさせて欲しいと頼んできたこともあったけれど、自分とフミヱはそれを許さなかった。あのとき、希望を汲み一、二年余計に中学の勉強をさせてやったなら、長男の進学の途もあったのではないか、と。

冷静な判断をするならば、もしも武が上級学校へ進学したならば、和代の師範学校入学は叶わなかっただろう。そしてまた、のちに三女や次男が中学を終え、それぞれの上級学校に進めたのも、武の稼ぎがあったからともいえる。父の「遠視」なまなざしと、長男の現実的な選択は、交わりようのないものだった。しかし、方法は違うけれど、己の利を優先させることなくその存在を成り立たせる生き方は、この親子の共通点のようであった。

兄弟喧嘩

電源保護站の林主任は、同じ腹から産まれた兄弟でこうも違うのかと、一と宏を見ていた。

血の気の多い弟の宏に比べ、一は口数少なく、いつもできるだけ目立たないようにしている印象だ。そして我慢強い。詳しい内容は忘れてしまったが、昔のことでなにか気になることがあり一に問うたが、彼は「そのときはね、まあそんなこともありましたけれど、まっ、もういいでしょ。昔のことですよ」と話をはぐらかしてしまった。以来、一の過去に触れるような話題を林主任がふることはなかった。

深い話はしなくても、一が外省人をたいそう嫌っていることは日頃の態度から伝わっていた。父親が日本に住んでいる山地の娘と外省人の青年の恋愛結婚をとりもって欲しいと懇願されたときも、彼は頑として承知しなかったほどだ。ほかの頼みごとならば、どんな無理難題でも受け入れる人なのに、よほど外省人から痛い目にあわされてきたのだろう。

よく一と宏は喧嘩をしていた。宏は「もう嫌だ。日本に帰りたい」と訴え、一は「いいや、私は帰らん」と跳ねつける。ほとほと外省人政権に嫌気がさした宏は、強く帰国を望んでいたのだ。しかし、同じように、いや、それ以上に外省人に痛めつけられてきただろう一が、弟に賛成する様子を匂わせることはなかった。喧嘩のあと、一は林主任にぽつりと漏らしたことがある。

「台湾には母の墓がありますし、叔母にあげてしまった娘もいますから……。日本には帰れんのです」

終戦後一がたどってきた歳月は、彼になにかを悟らせ、なにかをあきらめさせていた。

高峯の瞭望台を降りた一は、自分より年下の者たちが上司という電源保護站で、水源保護にかかわる様々な現場仕事に就いていた。幸い、電源保護站の正式な職員は、日本時代の高等教育を受けたエリート台湾人が多く、みな、日本語が堪能。一は、現場ではもちろん、事務所のなかでも仲間と日本語の会話をし、ときには黒く塗り潰した箇所だらけの日本の雑誌を読む時間も得ていた。そんな、北京語のできない者にとって一見恵まれている職場環境であったが、かつての一を知っている人々の目には、それは一の能力を十分に活かしていない職場と映ったのだろう。ときおり教え子たちが事務所を訪ね、「下山先生、埔里に降りましょう。なにか先生にふさわしい仕事を探しますから。ここは臨時で雇われているのでしょう。先生、もう無理しないで下さい」そう一を説得しているのを、職場の人たちは耳にしていた。

けれど一の答えはいつもこうだ。

「ありがとう。でも、私はここの仕事で結構なのです」

秘密

眠れぬ夜を過ごしていた。

まさか、と思う。

けれど、もしかして、という疑念も拭えない。

フミヱは見つけてしまったのだ。蕃刀を。

そんなことあるはずがない。

でも、じゃあどうしてこんなものが押入れに隠してあるの？


ある日、押入れの掃除をしていたフミヱは、その奥に見覚えのない包みを見つけた。なんだろう。開けてみると、山では「蕃刀」と呼ばれる刃物が出てきた。首狩りの時代には、また、あの霧社事件でも、蕃刀は人の首を斬るのに使われもした。

自分は、夫の秘密の計画を知ってしまったのではないか。

そんな妄想にとりつかれたフミヱは、仕事も手につかず、何日も、青白い顔をして過ごしていた。

そして、とうとう自分の胸に留めておくことができなくなり、和代に告白する。

こんなものを見つけたんだよ。

父ちゃんは、あたしの首をとろうとしてるんじゃないかね。

和代からこの一件を教えられた一は、大笑いした。

なにを馬鹿なこと言っておる。父ちゃんが母ちゃんを殺すわけないだろう。あれはね、マコがいたずらすると危ないから隠しておいたんだよ。

長年連れ添った亭主にこんな疑いをかけるとは、尋常でない。

妻は、伴侶のなにを見ていたのだろう。

ともに、異国に残された日本人、日本人家族の親としてやってきたけれど、その間、夫婦は互いになにを見つめ生きてきたのだろう。

互いを見つめる

外面がいい、というのでは決してない。正直なだけなのだ。

困っている人に手を差し伸べずにはいられない。借金を申し込まれれば、自分が借金してでも金を工面する。人にいい顔をしたいわけでなく、そうしないほうが彼にとって不自然なのである。それはおかしいと人から言われようが、そういうふうにしか生きられない男なのだ。

そんな一の人柄が、家族を貧苦の生活に留めているのは否めない。そしてもうひとつ、家計の大きな負担になっているのが一の酒だった。

職場の飲み会にはあまり参加しないが、家に客人が来ると、「まあ、一杯やろう」と一は酒を出す。

酒盛りすれば、当然ツマミが必要で、近所の店から肴をとることになる。いつしか、毎晩のように酒盛りが行われ、ひと月の酒と肴代が、一の稼ぎでは追いつかないほどになっていた。それでも、一は、訪ねてくる客がいればコップに米酒を注ぐのを止めることができなかった。

最初はおとなしく酒を楽しんでいても、酔ってくると一はよくしゃべる。夜がふけてフミヱは床に入って休みたいのに、いつまでも大きな声でしゃべっている。酒を飲むのではなく、酒に飲まれる生活とはこういうことか。

いつの間にか、まるで夫は理性を失いたいがために酒を呷るような飲み方をするようになっていた。台湾へ嫁に来る前、いや嫁に来てからも彼が教師をしているうちは、まさか一のこんな姿を見るようになろうとはフミヱは夢にも思っていなかった。マレッパ時代、畑仕事を手伝うこともなく、ようやく霧社で臨時ながらも安定した仕事に就いたと思ったら、酒に浸る生活に陥ってしまった夫。自分や子供たちは食べたいものも我慢し、欲しい服も買えず、きゅうきゅうとした毎日をおくっているというのに、酒に溺れるとは。

晩年一が亡くなり、なにかの折りに一のことが話題に出ても、フミヱは彼に対する恨みつらみを決して口にしない。「酒が好きで、飲むともううるさかったんですよ」くらいのことは言うが、それによって一家がどんなに大変であったかは表に出さない。マレッパ時代を振り返っても、夫がクワを握らなかったことをののしるような言葉は微塵も漏らさず、「あたしたちは、人が捨てたイモでも拾って食べていたんですよ」、そんな話に終始する。

お互いにかわいそうですもん。

フミヱは、晩年、一とのことをそう語っている。

また、時間をおいて、
一さんが一番かわいそうですね。

とも明かしている。

自分の胸の深い部分に潜んでいる思いをフミヱが人にぶつけることはほとんどない。だからその心中を忖度するしかないのだが、おそらくフミヱは、一の声にはならない嘆きを日々黙々と受け止めていたのだろう。母のために台湾に残る選択をしなければいけなかったこともかわいそうだし、自分や子供たちを日本に帰してやれなかったことを申し訳なく感じていることも、かわいそう。戦争のために教員の仕事を失ってしまったこともかわいそうだし、日本人家族の長として、家族を守るために外省人の矢面に立たされたのもかわいそう。

一方、一は一で、敗戦後、妻が家族のために身を粉にして働き、安堵の胸をなでおろすときが一時たりともないことを重々承知していた。けれど、彼には、どうすれば妻に慰みを与えられるかがわからないでいるのだった。「ウチのフミヱは、まったく勝気で意固地な女でねえ。嫌なものは、なにがあっても嫌、という。いくらなだめても、嫌なものは最後まで嫌なんだ」。親しい人にはそんな軽口を叩くこともあったけれど、実のところ、一は妻に頭の上がらない男になっていた。たいがいのことにおいて、フミヱがなにを言おうと文句を返さず、なにをやろうと望みどおりにさせていた。生きることに不器用な男は、そうすることでしか妻に寄り添う方法を知らないようであった。

第五章　春秋長ずころ

多忙

初夏の声を聞くと、霧社の郵便局は普段に増して忙しくなる。

六月、山のスモモが実ると、遠くの親戚や都会にいる家族へ送るため、連日、スモモを詰めた箱を抱えた人々がやってくる。果物を郵便小包で送るというのが大流行りで、その収穫期を迎えると、小包の数がぐっと増えるのだ。スモモの時期がひと段落する七月初めには、農業学校の学生たちの姿が目立つ。長期休暇に入り、帰省するための荷物をここから送るのだ。

初夏に限らず、フミヱは定時に家へ帰ることがめったにない。なんだかんだと仕事がふってきて、ふってきた仕事は引き受けなければ気が済まないのだった。夕方の郵便物は、埔里からの最終バスで届けられ、その日のうちに必ず仕分けする。普通郵便は翌日の配達にまわすが、速達は当日中に配らなくてはならないので、たとえバスの到着が遅れても、きちんと仕分けをしてから郵便局を出る。冬はいつも、一日の仕事を終えるのが、とうに夕景の去ったあとだった。

「日本人のおばさん」は与えられた仕事をきっちりこなすだけでなく、例えば備品においても、人が捨ててしまうような使い古しの紐を繋ぎ合わせ再利用するなど、常に節約を心がけている。字を書けない人がやってくると、どんなに忙しくても嫌がることなく代筆してやる。字は書けても、あっているかどうか自信がないという人がいると、持ってきた紙を預かり、その住所を確かめる。書籍を少しでも安く送りたいという人がいれば、ハサミを貸し「もうちょっと封筒の端を切ったほうがいいですよ。あと何グラムで何元安くなるから」と、重量をいくども確かめながら手伝う。いつしか、フミヱの働きぶりは埔里の郵便局長の耳まで伝わるようになっていた。ただ、年齢的な問題もあり、彼女が正式な局員になることはないままだった。まあ、外の人間から見れば、正式な局員であろうと臨時の身であろうと関係はない。特に山の人のなかには、郵便の仕事は公の仕事、公の仕事するのは特別な人、彼女は「高級」な仕事をしていると、フミヱを尊敬する人も多かった。

彼女一人で郵便屋を開いているようなものだなあ、と言う人がいる。局長は局長としての仕事があるのだろう、普段窓口に出てくることはない。郵差も、配達専門だ。いつ覗いても、フミヱ一人が局内を立ち回っていた。フミヱにとっては、忙しいことが、今日を明日に、明日をあさってに繋いでゆくための策だった。仕事の繁忙にまぎれていれば、いたずらな感情が顔を出し、思い通りにならない人生を直視させせられることも、日々の生活から立ち上がる憂《うれ》わしい感情の沼に引きずりこまれることもないのだから。

苦しかったけれど、マレッパにいたときが一番いいですね。なんにも考えないで。食べる物もない、イモを食べてね。お金もいらない。第一、お金を使うところもないですもん。

山にいたころ、あれが、一番よかったですね、ええ。

のちに白髪の婦人になってから、昔のことを聞かれると、フミヱは問われたことのみをぽつりぽつり短い言葉で答える。しかし、たまに突然、彼女の口からなんの前ぶれもなく、マレッパ時代を懐かしむ言葉が細い滝のように流れることがある。

霧社の生活は、マレッパの土臭さにぺこんと縮んでいた感覚をほどよく刺激した。それはそれで充実した日々といえよう。けれど、なにをするにもお金がかかり、子供たちが成長するにつれ選択しなければならないことも増え、多様な立場の人間が入り混じって暮らす土地では気を使うことも多い。霧社の生活は、山の暮らしにはない煩雑さが伴っていたはずだ。曾孫をもつ年齢になってからもマレッパ時代を懐かしいと思えるのは、そういった町暮らしのしんどさの裏返しなのかもしれない。


一九六二年の冬、悲しい知らせがフミヱのもとに届いた。

母・喜久が亡くなった、と。

日本からの知らせによれば、いつものように部屋の掃き掃除を終えた父が、まだ寝床にいる母の顔にかぶせておいた埃よけの新聞紙をめくると、すでに母の息はなかったらしい。

台湾正月の七日前のこと。享年七十八歳であった。

マイホーム

アコッペのおじさんが亡くなってから、フミヱは別の雑貨屋で買物をするようになっていた。ここでも、現金なしの買物である。が、ある日、娘たちがとんでもない事実に気付いた。買ってもいない品が、「通帳」に書かれていたのだ。よくよく見てみると、「通帳」には心当たりのない買物がそこここに散りばめられている。騙すという考えがない人間には、騙されるという概念が乏しいのかもしれない。今までツケを払うとき、フミヱは雑貨屋の店主の言葉を信じて、言われたままの金額を払っていたが、そこにはずいぶんと下駄が履かされていたのだ。

正直に生きるのはお馬鹿さんのやること。騙された者が悪い。曲がったことができないなら、一生貧乏人でも仕方ない。そんな風潮が戦後の台湾においてなかったとはいえない。そして、おいしい商売をするのは、たいがいが平地人で、騙されるのは山地に育った人だった。霧社に暮らすようになり、フミヱもそんな世の在り方をぼんやりと体感していたが、まさか自分が顔見知りの相手から騙されているとは思いもしなかった。

このとき、力を貸してくれたのが、林局長である。事情を知った局長は、私のお金を貸すから、まずは雑貨屋の借金を全部返してしまいなさい。騙された分はしょうがない。こちらがどんなに訴えても、したたかな商売人がそれを認めるはずはないのだから。ともかく、借金をなくして、これからは必ず現金で買物するようになさい。そうアドバイスした。

親戚にお金を貸すことはあっても、借りることが大嫌いなフミヱであったが、このときばかりは局長の助言に従うことにした。いったん現金払いを始めると、今まで以上に倹約を心がけ、無駄な買物をしなくなる。米代、調味料代など、毎月雑貨屋に払う金額は、ツケ払いとは比較にならないほど減っていた。

局長に借りたお金は、毎月の給料から少しずつ返していった。
これを機に、一家は長年の赤貧状態から脱する一歩をようやく踏み出すのである。

子供たちは、それぞれの思う方向にぐんぐんと若枝を伸ばしていた。和代は三年間の師範学校を終え、正式な教員として山の学校に赴任。操子は、姉より一年あと、同じ師範学校に入学していた。どんなに貧しくても学問は身につけたほうがいいことを、和代の様子から実感したのだろう。操子の進学に関して、フミヱが反対の態度をとることはなかった。末っ子の誠は、中学卒業時、警察学校を受験し合格したのだが、「帰化人」であることからその入学を認められなかった。一はそのとき法律を調べ、しかるべき申請をしていればこのような理不尽な目にあわずに済んだことを知り、すぐに手続きをとった。そして翌年、誠は政治工作幹部学校に進学することになる。軍人の学校は就職の心配がなく、そのうえ月々小遣いまでが支給される。なによりも、家に経済的負担をかけないのが魅力で、彼はこの学校を選んだようだった。

「ああ、どんな家でもいい。一軒自分たちの家があればどんなにいいだろうねえ」

以前からフミヱはよくそんなことを言っていた。そしてとうとう、子供たちの将来の方向性も見えてきたころ、持ち家を手に入れる本格的決意を家族に伝えた。

風に吹かれるように暮らしてきた。東から風が吹けば西に飛ばされ、西から風が吹けば東に飛ばされる。もう嫌だ、そんな生活は。自分の家に住むのはずっと夢だったし、現実問題として、これから独立する子供たちのためにも、マッチ箱のような実家では情けなさ過ぎる。それに郵便局を退職すれば、今の住まいを追い出されるかもしれない。そしたら、今度はいったいどこに住めというのか。

金の問題をのぞけば、家族はこの決意に大賛成だった。和代は学生時代、友人たちから、風光明媚と評判な霧社に遊びに来たいと言われるのが辛かった。狭くて、ぼろぼろの古ぼけた日本家屋が実家と知られるのが恥ずかしかったのだ。だから、霧社に来たがる友人たちには、いつも「あのね、霧社に入る前にはね、検査されるんだよ。入山許可書をちゃんと持っているかどうかって」と説明した。これを聞くと、たいがいの友人が「なんだか面倒そうね」と霧社行きをあきらめてくれて、ほっとしたものだ。

夢のマイホームを実現する鍵を握っているのは、操子だった。和代はじきに嫁ぐことが決まっており、一家のなかで一番の稼ぎ頭になるのが彼女なのだ。小さいころから家の貧窮ぶりを冷静にみていた操子にとって、自分の給料があてにされるのはなんら異存のないことであった。

こうして、身のほど知らずの買物といわれようが、下山家マイホーム計画は着々と進行する。ちょうど、霧社のなかでいい家が見つかり、代金は分割で支払っていくことに話がまとまった。

そして、夏のある日、家族は農業学校わきの一軒家に引っ越した。

霧社に降りてから、十一年が経っていた。

「ママ」

養女に出した典子は、十代半ばで人の母となっていた。結ばれたのはマレッパに赴任した山地人の教師で、これは養母ユンガヤの勧めた縁談だった。本来なら中学、それがだめでもせめて洋裁学校に上がらせたいと考えていたフミヱと一は、この早すぎる縁談に反対だったが、跡取りを早く欲しいと願う養母が強力に話を進めたのである。

そして、その養母も、典子が二十三歳のときに亡くなった。一回り年上の夫は真面目な青年で、そのうち勤務が埔里の学校に移り、典子は埔里で暮らすようになっていた。

自分が下山家の次女であると知ってからも、典子は一やフミヱのことを「父」「母」と呼べないでいた。姉たちから「母ちゃんと呼んでごらんよ」と何度けしかけられても、声が出ないのだ。

山の親戚は、一のことを「ハイイー」と呼ぶ。山の人は「ハジメさん」の発音ができず、昔は「ハイミさん」と言っていたのが、気付いたら「ハイイー」になっていたそうだ。一方、フミヱは「イナー」と呼ばれている。これは、息子の嫁を意味する山の言葉だ。子供のころ、典子は養い親に習い、一のことを「ハイイー」、フミヱのことを「イナー」と呼んでいた。「父ちゃん」「母ちゃん」は、彼女にとって馴染み薄い単語なのだ。

でも本当は、気恥ずかしい、それが「父」「母」と呼べない一番の理由かもしれない。マレッパにいるころから、典子はしばしば霧社の下山家に遊びに来ていたが、いつの間にか、父や母と話をするときは、そばに近寄ってから話し始める癖がついていた。これは無意識のうちに得た術である。こうすれば、親戚に対するような呼び方も、照れくさい呼称も使わずに済むのだから。

ある年の秋、仁愛郷の運動会の日。

霧社にやってきた典子は、二階で洗濯物を干す母を見つけた。しばらくじっと通りに立って母を見上げても、母は洗濯干しに夢中になって、ちらりとも下に目を配ってくれない。

典子は、力をふり絞って、

「ママ」

と声を出した。

養母が亡くなり何年も経っていた。この日以来、典子は、フミヱを「ママ」と呼ぶようになる。いったん「ママ」という言葉が喉を通ると、一を「パパ」と呼ぶのには大した難を感じずに済んだ。ただ、「父ちゃん」「母ちゃん」という呼び方を、こそばゆいと思うのは、その後もずっと変わりなかった。

彼女の存在

森からしみ出た水が、川に入ってたんたんと旅を続け、やがて海にたどり着くように、戦後という時間は月日を重ね、新しい時代に泳ぎ着こうとしていた。もはや戦後ではない。祖国では、とうの昔にそんな文句がうたわれていた。今は「高度経済成長」という時代のさなかだそうな。

フミヱの生活も、戦後からずいぶん遠くの岸にたどり着いた。虚しく日々を繰っていた一の深酒も、五十路の坂を超えたあたりからおさまりをみせ、家計を圧迫することもなくなった。このごろは、フミヱも書店から『婦人倶楽部』という日本の雑誌を取り寄せ、母国の活字を楽しむ時間もある。

戦前東京の大学に留学した経験があり、数年間、霧社の下山家を見てきた林淵霖氏は、フミヱをこう評している。

あの人は、自分の枠をよく知っている。なんというかね、本当の大正の女性だね。慎みがあるというのかな。台湾の人はたいしたなかみでなくても、大げさに話をする癖があるんだよね。でも、フミヱさんは、いつも言葉少なげだ。かといって、冷淡というわけでなく、台湾人が気にもとめない諸々をそっと気遣い、声をかけてくれることがある。

一と宏は、ずいぶん性格が違うようだけれど、ふたりの家庭は空気まで違うね。あれは奥さんの影響もあるのだろうね。宏の奥さんは、どちらかというとでしゃばりで、山の婦人の講習会でも、はりきって講師役をやっている。台北から日本びいきの客がやってきてみなで宴会をするときも、宏の奥さんは大きな顔して座っているが、フミヱさんは一度も顔を出したことがない。自分の出る幕じゃないと思っているようだね。そういえば、ほかの奥さん方と井戸端会議をしているのも、休みの日に霧社の町をぶらぶらしているのも見たことがないねえ。

実は、霧社で会う前に、一度マレッパでもフミヱさんと会っているんだ。山の人と同じ格好をしていたけれど、僕はすぐに、あっ、この人はタイヤルの女性じゃないな、とわかったよ。日本女性独特の雰囲気がしっかりとあったから。

笑うときも、静かな微笑みをたたえてね。きれいな東京の言葉を話す。あの人は、霧社にいるどのご婦人とも違う女性だね。

少女時代に幸せな時間を過ごした霧社は、フミヱの生涯のなかでいくつも姿を変えた。初々しい新妻のころ。マレッパ時代に関係のある下界といえば、それは霧社だった。そして下山後は、「日本人のおばさん」としてがむしゃらに働いてきた。

その間、ずっと変わらなかったのは、自らの芯である。

フミヱは戦後、周囲に対して常に無臭であることを心がけつつ、一方で、自分の根っこを腐らすことなく生きてきた。国籍が変わっても、自分は自分であるしかなかった。

フミヱの存在は、それが自らの望むところではなかったであろうし、それを意識している人がどれほどいたかわからないが、霧社という土地のなかで、確かにほかとは紛うことのない香りを漂わせていた。

「安全」

宏が、本庁に転勤することになった。戦後は農林庁に籍を置き、農林関係の様々な仕事をしていた弟の宏。普通ならば栄転と喜ぶところだが、北京語を使いこなせない彼が中央の役所に異動になるのは、明らかになにかしらの意図が働いてのことである。いったんは「技術の継承」のために留用したが、それが終わったら、もう用済み。現場に君はいらないよ、というわけか。

宏と親しくしていた林淵霖は、『国語』もできない者をわざわざ本庁に呼んでも使いものにならないでしょう。霧社のような土地で現場仕事に就いてもらっていたほうがいいのではありませんか」と上に進言した。しかし、返ってきたのは「彼を仁愛郷に置いていては、いろいろとまずいんだよ。むしろ当局の目がよく届く場所にいてもらったほうが、ね」そんな答えだった。

公の出先機関には、必ず「安全室」「安全科」などといわれるものが設けられている。労働災害を防ぐための「安全」ではなく、頭のための「安全」、つまり思想を取り締まるセクションだ。そこでは、日頃から職員の言動に目を光らせ、月に一度はそれが事実であってもなくても、なにかしら報告記事を作りあげねばならないという、いたく恐ろしい仕事をしていた。

淵霖は、当局がなにを考えているのかすぐにわかった。

宏は、どうも時や場所をわきまえず、話を大げさにしゃべる傾向がある。そして、すぐにかーっと熱くなる。話題についての配慮を怠り、ときに政治的なことも口にする。そんな彼の態度が上層部に流れぬわけがない。いくら帰化したといっても、一や宏の下山一家を台湾人と見る人は誰もいないのだ。安全室の関与はわからないが、宏のことは、面白おかしく尾ひれがつき、お偉い方の耳に入ったに違いない。


かつて、しばしば一が当局の監視下に置かれていたように、今度は宏を直に監視しようというのだった。電源保護站の主任をしていたころ、ときどき宏の家に遊びに行っていた淵霖は、警察の人から「くれぐれも、あの家ではこみ入った話をするな」と注意を受けていた。

どこまで執拗に、当局は日本人家族を見張りたいのか、その背中から〈要注意〉のシールを剥すことがなかった。

戦後長く、台湾には「白色恐怖」の時間が流れていた。政府にとって都合の悪い者は処刑、それを免れたとしても島流し、そんなことがまかり通る世の中。本庁勤務という処遇は、まだましな扱いといえるだろう。

思想弾圧の時代は、一九九〇年代まで続く。

洗礼

母の死から五年後、父・昌がこの世を去った。

一月一日、ちょうど日本のお正月に息をひきとったそうだ。八十八歳まで父は生きていたが、ついぞ親子の再会を果たすことは叶わなかった。

その年、フミヱは一とともにクリスチャンとなる。


それは偶然のきっかけだった。

郵便局の窓口に、日本人が切手を買いにやってきた。いつものようにフミヱが日本語で応対すると、相手はフミヱに興味を覚えたらしく、

「奥さんの日本語は、本当にお上手ですね。どちらの出身ですか」と訊ねてくる。

フミヱは日頃から、よその人に自分が日本人だと知られるとなにか面倒が起こるかもしれないと警戒していたので、

「マレッパの山地人です」

そう返事した。

意外なことに、その答えを聞いた日本人は喜んだ。そして、

「マレッパには、シモヤマさんという日本人がいらっしゃるでしょう?」と言う。実は、彼は日本に本部のある「イエスの御霊教会」の伊藤牧師で、このたび台湾の山地同教会の教えを広めたいと、協力者を探しにやってきたのだ。目星をつけていた霧社近郊の山地人には会えたものの、すでにその人は天主教(カトリック教)の伝道者となっていた。そこで牧師が同行者に相談すると、「マレッパにシモヤマという日本人一家が住んでいるらしい。しかし、そこに行くには二日もかかる」と教えられた。牧師は、マレッパを訪ねるのは次の機会にしようと考え、埔里へ戻るバス時間のあい間に郵便局へ寄ったという次第であった。

「いいえ、そんな日本人はおりません」

きっぱりとフミヱは答えた。

「おかしいな。確かに住んでいるはずだが」

牧師が何度聞いても、フミヱは「知りません」の一点張り。

にやにや笑って二人のやりとりを耳にしていた局長が、ついに口を挟む。

「あなたが今、目の前で話をしているのが、下山さんの奥さんです。もう何年も前からマレッパを降りて、霧社で暮らしているのですよ」

その晩、伊藤牧師は、霧社の日本人の家にやってきた。簡単な挨拶を済ませると、彼は聖書を取り出し読み始める。それからは、もうあれよあれよという感じで、数時間後には、フミヱと一は洗礼を受けていた。

先住民の暮らす村には、戦後、次々とキリスト教の教会が誕生していた。五十年にわたる日本の支配は、山の文化、習慣、思想までも奪い、代わりにどっぷりと「日本精神」を植え付けた。だが敗戦を機に、日本はぷいと横を向いてしまった。そして、それっきり。別の支配者がやってきて台湾に新しい価値観がはびこるようになると、多くの山の人たちが、なにを信じ、心をどこに寄せればいいのかわからなくなってしまった。そんな空っぽになった彼らの心の穴を埋めたのが、宗教、特にキリスト教であるといわれている。

この二十年、フミヱと一のもとにも、様々な教会からの誘いがあった。それはもうしつこいくらいに。でも、夫婦はそんな勧誘には一切応じないでいた。むしろ、古着や食料品につられ続々と入信していくまわりの人々を見て、一は「キリスト教が山の人々に乞食根性を植え付けてしまった。まったく陰気くさい宗教だ」とすら思っていた。また、フミヱはフミヱで、毎朝、せっせと仏壇にご飯を供えるのを止めなかった。

そんな二人が、風のようにやってきた宗教者の洗礼を受けるとは、いかなる心の変化があったのか。一が書き残した回想録によると、夫婦は、入れ代わり立ち代わりやってくるキリスト教の伝道者たちに辟易し、いっときは天主教に入ってしまおうと考えていたらしい。結局、入信の一週間前に神父のあまりにも破廉恥な姿を目にしてしまい、とりやめたのだが。つまり、宗派はともかく、クリスチャンになる心構えはすでにあったのだという。

一九六九年、一は電源保護站の勤めを終えた。

退職前、一にはふたつの誘いがあった。ひとつは、教員への復帰。このころマレッパの小学校校長となっていた次女の夫が声をかけてくれたのだ。月々の給料はもちろん、六十五歳になるまでの十年間勤めれば五十万元ほどの退職金をもらえるという。フミヱをはじめ、概して子供たちはこの話に賛成だった。教師の道に進んだ長女と三女は、小学校一年生の教科書を持ってきて父に「国語」を教えようともした。しかし、長男は反対だった。人の薦めがあるからといって今さら教師に戻っても、そこには言葉の壁が待っている。しどろもどろになりながらつたない北京語を発し教壇に立つ父の姿はあまりにも忍びないと思ったからだ。

もうひとつの誘いは、キリスト教の伝道という仕事であった。「イエスの御霊教会」の伊藤牧師が、一に伝道者になるよう強く勧めていたのだ。教員になれば毎月二千元ほどの給料が支給されると聞いた伊藤牧師は、ならばこちらも同額のお金を月々渡しましょう、そんな条件まで提示してきた。実は、電源保護站に勤務しているうちから、一は牧師となるべく儀式を受けていた。教会側の狙いは、すでに一に会う前から決まっており、着々とそれが進められてきたというわけだ。

結局、一は、宗教者になる道を選ぶ。

かつてはキリスト教の伝道者を疎ましい存在ととらえていた一が、それを職業とするのはよほどのことである。「国語」がしゃべれないのに教師に戻るなんて、そもそも無理な話なのだ。伊藤牧師の誘いがあまりにも強引で、なかば引きずり込まれたようなもの。牧師の仕事にも給料がもらえると聞いたからだろう。一の選択の理由を読み取る声はいろいろだ。また、いったん足を踏み入れたキリスト教の世界観を知ろうと、一は熱心に聖書の勉強をしていたようである。徐々に深まってゆく宗教心は、彼の資性とあいまって、自ずと宗教者という生き方に傾倒していった、ともいえるだろう。

ただ、フミヱは「日本人から誘われた」、これが一番大きな理由だと思っている。

日本から来た、日本の人が、日本に本部がある教会の牧師にならないかと言ってくれる。

一はなによりそこに惹きつけられたのではないか、と。

それは、彼にとって、自分が日本に必要とされていると感じられる戦後初めての出来事だったのだから。

断交

夫の退職の翌年、フミヱも満五十五歳の定年退職を迎えた。

この十数年、霧社地区の郵便業は彼女の働きによって支えられてきた。誰に表彰されることがなくても、それは間違いない。「霧社の局員はもちろん、歴代の埔里の局長が彼女を大事にしていたよ」、と人々は言うけれど、裏を返せば、最後まで安い賃金で都合よく使われたととらえられなくもない。

ただそれは、本人をはじめ、誰も口にしないことであったが。郵便局の勤めを離れるにあたり、フミヱには一万元の退職金が渡された。十数年の勤務に対して妥当な額かどうかはわからないが、それでも、フミヱはうれしかった。一万元なんて、今まで手にしたこともないお金だった。

退職した夫婦には、毎日のように通う場所がある。畑だ。朝、弁当を持って、一時間余り山道を登りたどり着く。そして、水蜜桃、梨、ラッキョウなどの手入れをし、夕方、霧社に戻ってくる。久しぶりの夫婦らしい時間であった。このころには、電源保護站のお客さんや、台湾研究者など、霧社に足を踏み入れる日本人の姿もしばしば見られるようになっていた。あの霧社事件を、日本時代とは違った目で調べたいとやってくる者も少なくなかった。一は、聖書の勉強や畑の手入れに通う合間、そんな日本人たちの案内役を親身に務めもした。

フミヱと一にようやく静かな生活が訪れたと思われた矢先、あるニュースが、台湾、そして世界じゅうを駆け回った。

中華人民共和国が、国連の代表権を獲得。

世界に「中国」はふたつ要らない。台湾は国連脱退を余儀なくされた。

翌年の一九七二年、日本は日華平和条約など忘れてしまったかのように、日中共同声明を発表。「台湾との経済文化交流はそのまま維持する」というなんともあやふやな但し書きが加えられはしたものの、それはすなわち、日本が台湾を捨てた瞬間でもあった。

世界のほとんどの国から、そして、こんなにも近く、かつては深々と交じり合った日本という国からも、見捨てられてしまった台湾。そこに住む人々は、晴らすことのできない無念に包まれた。とりわけ、戦後大陸からやってきた人々の痛嘆は計り知れない。なにせ、自らの存在が、世界じゅうに否定されたようなものなのだから。

そして、そんな外省人の思いが、ある行動に移された。

日本が去ったあと、神社や記念碑など台湾各地にある日本の建築物はことごとく姿を消していた。しかし、霧社の町はずれにそびえる、霧社事件で犠牲となった日本人の慰霊搭に手を付ける者はこれまで誰もいなかった。かつてどんな争いがあったにせよ、先人の墓を侵すようなことはできないと、地元の者たちが思っていたからだ。県から「日本人の作った搭など残しておくな」との公文がたびたび届いてもいたが、代々の郷長は、それに従わずにいた。

そんな慰霊塔が、ある日、無惨な姿に変わってしまった。

なんでも、工務段にいたある外省人が、金に困っている埔里の日雇い労働者を使い、倒させたのだそうな。霧社の人々のあいだには「日本人の墓を壊したあの男は、埔里に帰ってから、事故かなにかは知らないが、自分の足を刀で切ってしまったんだって。まったく、人の墓なんか壊すからさ」そんな噂がたった。大陸から来た男は「人の墓を弄《いじ》ってはいけない」という迷信を信じ、自ら手を下す勇気はなかったわけだけど、男のやるせない思いが、中華人民共和国と国交を結ぶために中華民国を踏絵とした日本にぶつけられた出来事であった。

霧社事件は、日本の植民地統治史に残るだけでなく、山の民と日本人のあいだに生を享けた一が己のルーツを見つめるべく、生涯を通して忘れることのできない惨劇でもあった。事件当時、一は台中で学生生活をおくっていたが、母や妹、親戚たちが霧社の現場にいた。母や妹は無傷でマレッパに逃げ帰ったが、しばらく母たちと連絡のとれなかった一は、いっとき、もうこの世には母や妹がいないのだとあきらめもした。また、友人・佐塚昌男の父である日本人警察官は、この事件でまっ先に命を奪われていた。昌男の母である山の女性は事件のあと、精神を病み、ピッコタウレが看病していた時期もある。日本人警察官と山地女性が築いていた家庭の崩壊は、一のなかに、とうてい他人事として片付けることのできない傷を残していた。さらにいうまでもなく、この事件はタイヤル人と日本人、一から多くの友人たちを奪っていた。

ここには、かつて親交のあった人々が大勢眠っている。

たくさんの日本人の魂が眠っている。

一は、息子たちに手伝わせ、霧社事件慰霊塔の頭頂部分を夜半こっそりと自宅に持ち帰った。

台湾をまだ離れていなかった日本政府の関係者は、連れ立って霧社を訪れた際、呆然とこの慰霊塔跡に立ちつくしたという。そして、かつての日本人が慰霊塔の一部を保管していることを知り、こう頼んだ。

「いつかきっとなんとかするから、それまで、大事にしまっておいて下さい」

下山家。門を入った左手に花壇がある。一は、そこに慰霊塔の形見を隠した。

外省人だけでなく、台湾全体に反日ムードが高まっていた。

道しるべ

あれは一九七三年頃だったろうか。

弟の宏夫婦が、台湾を離れた。観光ビザだったのか、探親目的としたのだったか、日本に行ったきり、彼らは戻ってこなかった。そのため二人は台湾の政治犯と記録されたらしい。海外渡航には保証人のいる時代で、二人の保証人となった友人にも大きな迷惑をかけてしまった。一は、「うちの宏たちはばかだよ。なにしに日本に帰った」と肩を落とした。散々「兄さん、日本へ帰ろうよ」と話をもちかけていた宏だが、おそらく、この決行については一に相談していなかったと思われる。相談しても反対されるのはわかっていたし、仮に相談していたならば、一は柱に括り付けてでも弟夫婦の計画を未然に食い止めていたはず。おまけにこのとき、宏は本庁勤務のままだった。そして時期を前後して、宏の四人娘もそれぞれ台湾を離れたが、兵役中だった一人息子にはこの計画を知らされることがなかった。残された息子は、その後ずいぶんと荒れた人生を歩むことになる。

日本に渡った弟夫婦は、やがて横浜でスナックを開き、生活を落ち着かせた。そして、政治犯の時効が過ぎたのだろう、ずっとのち、台湾への里帰りを果たす。

「日本行き」の道しるべ。これまで、いくどか現れたその道しるべに、フミヱたち夫婦が従うことはなかった。一方、ともに戦後の台湾社会を生きてきた弟夫婦は、ある日、ふいっと、その道しるべをつかんでしまった。一のみならず、フミヱのなかにも複雑な思いが交差したに違いない。

弟夫婦を知る人々の目には、この選択がどのように映ったのだろう。おそらく、「ああ、やっぱり。彼らならやりかねん」そう映ったのではなかろうか。戦後しばらくのあいだ、宏は政府の留用という立場でいい暮らしもしていたが、だんだんと時代が移りゆくにつれ、その頭上には不穏な雲がたちこめるようになっていた。軍人出身の彼は血の気の多い男で、酒を飲んでは、政府の悪口を憚りなく声に出す。そんな態度がますます自身を台湾で生き難くしていたはずだ。自ずと、戦前の日本暮らしの経験がある彼は、「日本に行きさえすれば、浮かばれる」そんな考えに傾いていったに違いない。また、父親が日本人警察官であった妻の豊子も、日本行きを強く望んでいたという。豊子の父は、霧社事件で殉職した佐塚警部である。母はマシトバオン出身のタイヤル人であるが、少々、威張りんぼな女性であったらしい。「私は日本人の妻よ」「私は警部の奥さんよ」と。豊子は、親の性格を存分に受け継いでいると見る人もいる。

一の夫婦と、宏の夫婦の違いは、人々の認めるところだ。ある人は言う。一先生もフミヱさんも、人と会ったら、自分から挨拶しとるよ。でも、宏さん夫婦は違うの。カタマリ。偉そうなの。日本語で「似たもの夫婦」って言葉があるでしょう。宏さんも豊子さんも、どっちも偉そう。また、ある人は言う。「日本、日本」って、宏さんたちは、日本に憧れて行ったけど、かえってよくなかったわけ。生活もなにもかも。一先生たちのほうが、結局、いい生活で。——これは無責任な話ではあるけれど、長年、彼ら兄弟夫婦を見てきた人物たちの率直な意見ととらえてよいだろう。

一は子供時代、日本人の友達から「父なし子」「母ちゃんは生蕃」など、しばしば虐めを受けることがあった。青年となってからも、山地の血をひいていると、なにかと日本人の好奇の目にさらされた。彼は晩年綴った回想録のなかで、「敗戦後、家族を連れて日本へ帰らずマレッパの山にこもったのは、幼いときに受けた日本人の差別を頭のどこかで意識していたからではないか」、そんな内容を告白している。日本へは「行く」でなく「帰る」という言葉が自然と体から出るし、台湾人や外省人、山の人たちから常に「あなたは日本人」と言われ生きてきた。それでも、彼は、心の深い部分で「日本人」とのあいだの溝を意識せざるをえないでいるのだった。そして、同時に、自分は山地人ではないという思いも抱えていた。

のちに日本人男性のもとに嫁いだ宏の娘は、こう語る。「幼いころ、台湾の学校では、外省人の先生から日本人であることを虐められ、日本で生活するようになってからは言葉の問題もあって、まわりの人から、あんた韓国人？　なんて言われるのよ」。

戦後帰国のチャンスが訪れるたび、「もしも日本に帰ったなら、今度は日本社会のなかで子供たちが差別を受け苦労する」そんな憂いが一を襲ったに違いない。そして、夫婦のあいだに直接の言葉が交わされなくとも、フミヱの心にもまた、そんな一の懸念を察する想いがあったろう。

台湾という島のなかで暮らし続ける一とフミヱ、そして子供たち。成り行きが重なって、ともいえるけれど、その先の人生に立ってみれば、フミヱたち夫婦が安易に日本行きを夢見ることなく、どっしりと台湾に腰を下していたからこそ築けたものがあるはずだ。それは、誰かと比べて「幸福度」の優劣をつけられるものではないし、また、夫婦のひとつひとつの選択が、夫婦の老後を作っていったという、ごくありふれた話になるのであるが。

訪問者

日本ではオイルショックが騒がれていた年の秋、思いもかけぬ人が、霧社のフミヱを訪ねてきた。

フミヱの従姉妹である河田房子の息子・和成と、その妻だった。日本と台湾は国交のない間柄になったものの、商売上の交流は勢いを失わず、むしろ経済的な繋がりは強まっていたといっていいだろう。昭和七年（一九三二）生まれの和成は、家業の羽毛事業で成功し、台湾をはじめ世界のあちらこちらを飛びまわる実業家になっていた。房子は、フミヱの母の姪にあたり、飛驒高山の出身。東京にいる数少ない身内ということもあり、戦時中は井上家との行き来もあったが、戦後はぱったりと音信不通になっていた。だから、戦後のフミヱの様子を房子はまったく知らずにいたのだが、あるとき高山で、あれは「いとこ会」の席でだったろうか、まだ台湾にいるというフミヱの消息を耳にした。以来、房子はひと回り年下の従姉妹の様子が気がかりとなり、ことあるごとに「今度台湾に行ったら、ぜひとも霧社のフミヱちゃんを訪ねておくれ」と繰り返し息子に頼んでいた。

びっくりしたのは、フミヱだ。

ある日、訪問者の呼び声に玄関へ出てみると、和服姿の美しい女性とその夫らしき立派な身なりをした男性が立っていたのだから。しかも、男性は、房子姉さんの息子というではないか。日本を離れた当時、まだ七つの誕生日前だった和成が……。フミヱは声も出ないほど驚き、早まる鼓動を鎮めることができなかった。

挨拶もそこそこに、フミヱ夫婦と和成夫婦は連れ立って外に出た。このころ台湾はまだ経済的に貧しい島であり、日本から来た者にとって、霧社はさらに物質的な発展の遅れを感じさせる土地だった。和成の妻・鉄美子《ふみこ》は、玄関先でフミヱの暮らし振りをすぐに察し、「お散歩しながら、話でもしませんか」と機転を利かせたのだった。

フミヱは霧社の町を歩きながら、日本の匂いをふんぷんと漂わすこの二人を相手に、無口な人柄が消え失せたかのようにおしゃべりした。台湾のこと、霧社のこと。いつもなら客の案内は一の役だが、このときばかりはフミヱが慣れない案内役を務めた。両親はすでに他界し、きょうだいたちもそれぞれの暮らしが忙しいようで、生存のわかった姉の顔を見に台湾まで飛んで来ようという者はいない。遠縁といえども、和成とその妻は日本を離れてから初めて対面する日本の親族だった。

一方、鉄美子は、突然の訪問にもかかわらず熱心に応対してくれるフミヱに好感をもった。同時に、身の上の核心を衝くような話がフミヱの口から漏れることはなかったが、話の端々から、彼女の楽ではない生活がうかがわれ、また、この町のなかでどこか遠慮がちに住んでいるというおうか、まわりのことをたいそう気遣って暮らしている印象が残った。

その日、和成と鉄美子はフミヱの家に上がることはなく、そのまま台中へ日帰りした。ところで、親戚といえば、フミヱは新聞記事から「精工舎の服部金太郎氏の子息がしばしば日月潭を訪れている」ことを知っていた。日月潭は、霧社からそう遠くない、その美しさが有名な湖である。

そして、精工舎の服部氏とは、フミヱの遠縁にあたる人物だ。フミヱと一は「一度、会いに行ってみよう」と話をしていたが、その機会はなかなかないままだった。世界的な企業人である服部氏の子息と自分たちとでは、釣り合いがとれない。「貧乏だから」そんな気兼ねが、親戚との面会を邪魔していたのである。

和成夫妻の訪問を受けて間もなく、日本から訃報が届いた。

まだ五十半ばの弟・昌三があの世に逝ってしまったのだ。

霧社事件の生存者として日本に戻った昌三だが、彼が台湾時代を語ることはほとんどなかった。フミヱの嫁入りに際しても、水を差すようなことは一言も言わなかった。静かでおとなしい男だった。中学卒業後は読売新聞に入社し、印刷部門で働いた。体が弱かったため戦争に駆り出されることはなく、戦後もそのまま新聞社で働いていた。そして、先頃、定年を迎えたばかりだった。ようやく自由な時間ができ、元気だったら、もしかして台湾まで会いにきてくれる機会があったかもしれないのに……。

フミヱはすぐにでも日本へ飛んで帰りたい思いに駆られたが、それが叶えられるのは、昌三の死から一年近く経てのことである。

東京の秋空

日本の季節のなかで、フミヱは「明治節」のころが一番好きだった。

暑くもなく、寒くもない。穏やかな秋晴れの続く空。

フミヱは霧社の人から「おばさん、どうして一先生のもとにお嫁に来たの？」と聞かれると、こう答えていた。

「うん、霧社のこの青ーい空に憧れてね。東京では、めったにこんなきれいな空は見られないのよ」


最後に東京の秋空を仰いでから三十七年が経っていた。この年、フミヱの人生にとって大きな転機といえる出来事がふたつあった。ひとつは、長男の武が台中で家を買ったため、フミヱたち夫婦も長年住み慣れた霧社を離れたこと。そしてもうひとつは、ついに日本への一時帰国が現実となったのだ。

一九七五年の十月七日の晩、台北に滞在していたフミヱは、血圧が上がり気味なのも気にせず、せっせと洗濯をしていた。明日はいよいよ、東京の空の下なのだから。

翌八日の昼過ぎ、フミヱたち夫婦を乗せた飛行機が羽田空港に到着。妹の春代、宏夫婦、下山家の親戚、佐塚家の人、大勢の人たちが出迎えていた。これからひと月余り、夫婦は忙しくふるさとの国をまわることになる。

「忙しい」とは、大げさにいっているのではなく、夫婦は毎日を時間単位で行動せねばならないほどのスケジュールに追われた。フミヱと一のそれぞれのきょうだいや親戚。日本時代、霧社にいた人々。新幹線に乗りこちらから会いに行くこともあれば、遠方から駆けつけてくれる人もいた。東京の午込での井上家の法要。静岡の三島での下山家の法要。親戚や友人たちが連れて行ってくれる観光旅行。台湾へのお土産の準備。それから一のキリスト教関係の仕事。この日本滞在は、フミヱの生涯において、最も慌しく移動を繰り返す日々となった。

名古屋駅では、昨年霧社を訪れてくれた鉄美子たちが出迎えており、フミヱは一と別行動で河田のお宅におじゃました。一は、同じように駅で出迎えていた、かつて巡査としてマレッパに赴任していた知り合いの歓待を受けることになったのだ。その日、フミヱは従姉妹・房子姉さんと心底懐かしく思い出を語り合った。両親はすでに他界し、学生時代の友人とは連絡もとれず、日本に帰って来たといっても、どちらかといえば夫と繋がりのある人々と会う時間が多いなかで、房子との再会は、久々に心を緩ませるひとときであった。

フミヱよりひと回り年上の房子は、すでに七十を超えていたが、自宅で息子の会社の手伝いをしていた。まあ、これは房子の健康維持のためにほどほどの分量の手仕事をまわし、破格のお手当てを出すという、息子心あっての内職なのだが。房子は、フミヱに言った。「ねえ、台湾に戻る日を延ばしたらどう？　滞在期間延長の申請をしてみなさいよ。そして一緒に、家で羽毛の内職をしましょ。食事も出して、月に五千円払うわ。お金を儲けて、それから台湾に戻ればいいんじゃない？」。房子は面倒看のいい女性だった。高山での「いとこ会」にも熱心に参加していたし、親戚たちを旅行に連れていくこともあった。おそらく房子は、台湾でのフミヱの暮らしを常々心配していたのだろう。しかし、これまでフミヱが貫いてきた「人に施しは受けない」という信念が、房子の誘いによって曲がることはなかった。その晩、一が遅れて河田家にやってきて、翌日は夫婦揃って横浜の宏の家に戻った。房子との再会の翌晩、日頃は酒をまったくたしなまないフミヱが「おいしいわ」と言って日本酒を口にした。

異腹の昌一兄さんは、戦争で片目を負傷したとはいえ、まだ健在だった。妹の春代は現役で働いており、相変わらず気丈にやっているようだ。一の腹違いの弟の家では、治平の遺した写真を見せてもらい、そのなかには自分たちが失くしてしまった結婚写真もあった。引き揚げ船で台湾を離れた義妹の敏ちゃんは、昔から頭の回転の速い娘だったが、この滞在中もなにかと細かく気を利かせてくれた。宏夫婦も、よく世話してくれた。昨年亡くなった弟・昌三の妻、美智子さんともゆっくり話ができた。晩年の父や母、そして弟を一番よく知っているのは、美智子さんであった。

十一月三日。明治天皇が「お隠れ」になられた日。今は、明治節とは言わないそうな。久しぶりに日本で迎えるこの日、昔から雨は降らないと言われているとおり、やはり晴れた秋の空を見せてくれた。夫婦は、東京、横浜、埼玉、千葉、静岡、名古屋、関西などを忙しく駆け回り、九州、沖縄を経由して、十一月十五日、子供たちの待つ台湾に戻った。

故郷の廃家

それから、十数年後。

フミヱは、古希をいくつか超えた。

近頃、世の中がざわざわ騒がしい。騒がしい世情にはもう慣れっこだが、このざわつきには今までにない軽やかさが感じられる。

一九八〇年代後半、台湾は、人々の目に見えるかたちで生まれ変わろうとしていた。野党が結成され、国民党の在り方に変化の兆しが。四九年より敷かれていた戒厳令が解かれ、大陸への親族訪問も解禁に。そして、八八年には、ついに初の台湾人総統が誕生した。

七〇年代初、国連を脱退したあたりから、台湾が世界のなかで孤独な立場を強いられてきたことは間違いないが、その一方で、台湾はゆるぎない経済力を着々と築いてきた。アメリカから粉ミルクの配給を受けた時代は、もうはるか遠い昔になろうとしている。台湾社会は、物質的にずいぶんと豊かになった。そして、「自由にものを言える時代」が確実に近づいていた。

下山一家も、時代の波にのるように、その暮らしは変化していた。

アルバイトに明け暮れていた長男の武は、いつまでも臨時雇いで働くのはどんなものかという家族の心配を知り、電力会社の正社員となった。結婚後もしばらくは霧社で暮らしていたが、仕事柄あちらこちら遠出をする機会が多く、自宅がこんな山地ではなんとも不便ということもあり、台中に家を買った。フミヱはいっとき、夫とともに武の家に住んでいたが、数年後には単身、次男誠の家に移った。誠は、学校を卒業後、軍事教官として各地に赴任していたが、小学校教員の女性と結婚したあと、埔里に家を構えたのだ。共働きの次男夫婦に息子が生まれ、フミヱはその世話を頼まれた。息子に続き、娘、息子と、誠は三人の子に恵まれ、いよいよフミヱは埔里の家を離れられなくなった。早い結婚をした典子には、もう孫がいた。和代と操子は教員を続けながら、結婚、子供をもうけ、それぞれの人生を歩んでいる。

霧社の家は、とうに売り払っていた。先の、初めて買ったマイホームは平屋であったが、その後、二階建てに新築。そう、かつて典子が初めて「ママ」と呼んでくれたのは、あの新築した家の前でだった。さらにその後、手を加え、小さな教会までもこしらえたけれど、今となってはもう、それは思い出の我が家である。

この十数年のなかでフミヱにとって一番大きな出来事といえば、やはり、六十歳のとき、日本への一時帰国が叶ったことであろう。

しかし、台湾に戻ったあと、フミヱは、この帰国の思い出話をほとんどしない。台湾育ちの子供たちに「やっぱり台湾がいいねえ」くらいは言うが、それ以上の思いは、最も心を許しているであろう長女の和代にさえ明かさない。霧社時代の知り合いから「おばさん、日本はどうだった?」と尋ねられれば、「そうねえ、どこに行っても同じよ。でも、台湾には安くておいしい果物がいっぱぁいあって、台湾はいいわねえ」と答えていた。

一は、平日を台中で過ごし、金曜になるとバスに乗り埔里へやってくる。週末、眉渓などの山地に入り、布教活動を行うためだ。信者は日本語のわかる高齢者が中心で、一は、日本語で書かれた聖書を使い、日本語の説教をし、その活動に身を捧げていた。むろん、なにからなにまで日本語で行われる宗教活動には、当局のにらみが始終向けられてはいたけれど、かつてスパイの疑いをかけられたころと比べれば、それは小さな嫌がらせに過ぎないものだった。

ただ、彼の属しているのは、なんとも妖しげな宗教、と見る向きもある。キリスト教のなかでも異端な教えといおうか、のちに「イエスの御霊教会」の日本人牧師による話を聞いた人物は、まるで宇宙を飛びまわるような内容だったと感想を述べている。また、実のところ、一自身もこの教会を知った当初は、ちょっと変わった集団だなと心の底で訝っていたらしい。だから、一般的なキリストの教えを別として、一自身が、どこまで教会固有の教えを信じているかはわからない。また、そんな一の説教を、信者がどこまで理解しているかといえば、心許ないことこの上ない。でも、それでいいのである。一にとっても、信者にとっても、必要なのは宗教的な教義そのものではなく、心を埋めてくれるものがある、という事実なのだから。

一の熱心な牧師活動は、その息が絶えるまで続くことになる。ときにはカタコトの北京語と台湾語を操り、一人で台東や花蓮までにも足を伸ばし、家族を驚かせた。やがて発表される司馬遼太郎の『台湾紀行』のなかに、一の台湾名が登場するが、そこには林光明牧師の敬称が付されることになる。

自宅にいるときは、時間を惜しんで聖書を勉強。また、人に頼まれて、自宅で専門学校生相手に日本語を教えることもあった。さて、中国語のおぼろな一が、どうやって生徒と意思疎通を図ればいいのか。一はまず、日本の童謡から教えた。赤とんぼ。浦島太郎。懐かしい歌の数々がにわかの日本語教室に響いた。台湾の若者と向き合ってする授業は、短い期間で終わってしまったけれど、一自身の中国語の勉強にもなり、月謝はもらわなかった。

晩年、牧師の活動にその生きる意味を取り戻した一であるが、彼を見るフミヱの心中には複雑なものがあった。

なんといっても、一は、年老いた天使となっていた。無欲で、人のために存在するかのような自身の在り方は、歳を重ねてますます色濃くなったようである。また、教員の月給と同程度の手当てを出しましょうという教会側の約束は、最初の数ケ月しか守られず、一は無給の牧師となっていた。実は、のちに一は、そんな教会との約束を否定している。最初から金をもらう話などなかった、と。しかし、この話は子供たちの記憶にしかと残っており、一の言い分は教会側を庇う配慮と思われる。

どこへ行くにも、自分の財布から金を出す。一がまわるのは、裕福な層とはかけ離れた人たちが暮らす村ばかりで、献金もあてにならない。それどころか、一は招待を受け日本に行った折り教会からもらってきた貴重なお金を、生活に困っている信者に配ってしまう有様だ。

この人ならなんとかしてくれる、そう思うのか、ときたま一に金を借りにくる者がいるのだが、一は、若いときと変わらず、かき集めてでも金を貸す。そして、千元貸した相手が金を返しに来たとしよう、そのとき一は、例えば六百元しか受け取らない。「困っているから借りたのだろう」と、残りの四百元を相手の手に握り返すのだ。なんてお人好し。情け深いにもほどがある。並の金銭感覚を有している人間には、一のことがそう思えてならなかった。

このころ独りコツコツ綴っていた回想録のなかで、一は「電源保護站退職時、まだ家計が苦しく、妻や子が教職への復帰を望んでいるのを十分承知し、いっときは自分もそのつもりでいたが、結局は『国語』のできない者が教壇に立っても生徒の害になるだけだと考え直し、牧師の道に進んだのだ。そして、あれから十数年経った今も、妻たちは私の選択を許してくれてはいない」そんな内容を残している。

フミヱは、台湾に嫁いでから、ずっと金の苦労をしてきた。だから、せめて老後は、夫婦の家をもち、誰に気兼ねすることなく生活したいと考えていた。自分たちの誕生日や、なにかの記念日には、子や孫、曾孫を招いて、みなで祝い事ができるような、そんなマイホーム。でも、その夢も、一がこんな調子では叶いそうにもない。もしも電源保護站退職のころ、一が教師に戻る人生を選んでくれていたならば、ちょっとずつ金を貯め、やがて家を買うことも可能だったろうに。

なにも、金持ちになりたいのではない。自分たち夫婦が、人の力を借りずに食べてゆける、そんな暮らしをしたいだけなのだ。今、夫婦の食住は息子たちが世話してくれ、娘たちは小遣いをくれる。人も羨む、恵まれた老後といえよう。けれど、フミヱはこんな生活を望んでいるのではなかった。日本でデパートに勤めていたころ、いつも思っていた。誰にも頼らず、自分で自分の食い扶ちを稼いで生きていきたいと。その気持ちは、六十歳になっても、七十歳になっても、本質的に変わらないでいた。

だから、責めるような言葉は口にしないが、フミヱは、妻の夢に無頓着な、いや無頓着な振りをしているのかもしれない夫のことを許せなかった。昔から、「母ちゃんが怒って黙り込むのが一番恐い」

と和代に言わせたフミヱである。自分の思いをぶつけずに、じっと無言でいることが、夫に対してのできる限りの反抗なのだった。

晩年、フミヱは夫婦の財布を別々にした。二人が日本に一時帰国した際、「霧社会」なるものが発足。これは、かつて霧社に所縁のあった人々が国の隔たりを越えともに集おうという親睦会で、台湾で行われる霧社会には夫婦揃って参加するのだが、フミヱは自分の参加費を頑として夫に払わせないでいた。「僕が出すよ」と一が財布を開いても、「いいえ、結構です」と自分の財布からお札を取り出すという具合。年老いて、一がその持ち味を濃くしたように、フミヱはよりいっそう頑固な女を極めているようである。

頑固といえば、フミヱは我が子に対しても頑固な態度を崩さないでいた。

六十歳で一時帰国した折り、台湾を出るのはまだまだ大変なことであった。費用の負担も大きかったが、出国には様々な制約が設けられていた。日本の敏子から「招聘状」を送ってもらい、探親という目的で日本へ渡る手続きに、半年ほどかかったろうか。しかし、面倒な手続きもだんだんと軽減され、庶民が気軽に外国へ行ける時代となり、子供たちが「また日本に帰りなよ」といくら勧めても、フミヱは素直に頷くことができないでいる。

二十代で東京を離れ、以来初めて土を踏んだ母国。そこでなにを見、なにを感じたのか、フミヱが語ることは少ない。けれど、それをもってフミヱが日本に見切りをつけたということにはならないだろう。いくつになっても、産声をあげ、また、青春を過ごした日本という国は、彼女にとって祖国なのだから。

なぜ彼女は、再びの帰国に同意しないのか。一はその後何度も日本と台湾を行き来している。教会の招待で毎年のように帰国していた時期もある。そのうち、人の好意に甘えてばかりでは申し訳ないと、数年に一度の帰国になったのだが。しかし、フミヱが夫の渡航に連れ添うことはない。

それには、少なくとも、みっつの理由があるように思われる。

まず、ひとつ目は、日本の人たちに迷惑がかかるということ。自分たちが日本にいるあいだは、寝る場所、食べるもの、土産品など、みなが細かく気を遣ってくれる。フミヱの性格では、それらの好意をただ有り難いと受け流すことができないのだ。また、あのマレッパ時代、そして霧社時代、ひもじい思いをしながら客人をもてなした苦労を想起してしまうのである。みなのもてなしはうれしいけれど、「人に迷惑をかけているのでは」という思いが、フミヱを居たたまれなくした。

ふたつ目の理由は、帰国の費用。先の旅費を用意したのは子供たちだった。娘たちも、息子たちも、いく度でも喜んで母の渡航費を出す心積もりなのだが、肝心のフミヱが「子供たちには一度お金を工面してもらった。それでもう十分」と考えた。「子供たちが上の学校に入れたのは、まわりの人たちのお陰。子供たちは自分で勉強して、仕事して、今の稼ぎを得られるようになったのだから、それは子供のお金であって、あたしのお金じゃないわ」生まれもってなのか、フミヱのなかには、人の好意をそのまま素直に受け入れられない意固地な質がどっしりと根を張っており、歳をいくつ重ねても、その根は健在なままであった。思えば、そんな質こそが、長年、彼女に労苦を与えてきたと同時に、彼女を支えてきたのだった。誰にも甘えない。これは、フミヱが生涯貫こうとしている彼女なりの美学なのだ。また、時間をおいて、フミヱはこうも漏らしている。「一さんの働いたお金だったら、そりゃあ毎年でも（日本へ）帰りたかったですよ」。ちなみに帰国の費用とは、台湾―日本の往復代だけではない。電車賃や食費など、日本での滞在には、台湾とは比べようもないくらい金がかかる。長年慎ましい生活をしてきたフミヱにとって、それは胸の痛い贅沢であった。

そして、みっつ目の理由。これを言ってしまっては、フミヱの心が沈んでしまうだろうが、彼女が再びの帰国話に頷けないのは、先の滞在で、戦前の影もかたちも失った母国の姿を目の当たりにし、日本はあまりにも遠いところに行ってしまった、そう悟ったからであろう。日本滞在を記した一の日記を読むと、夫婦は行く先々で歓迎の宴に招かれ、観光を楽しみ、日本を堪能したことがよくわかる。日記の端々に満足気な一の感想が綴られ、彼は感激してこの大旅行を終えたようだ。けれど、それと反比例していたフミヱの胸のうち。「東京はこんなに発展しているのか」と一が目を見張るたび、フミヱは「東京は私の知らない街になってしまった」と寂しい感情に包まれたのではないか。

フミヱが台湾に嫁いで半世紀の時間が流れた。

自身の居場所は、日本と台湾のどちらにある？

もしもそんな問いを向けられたなら、彼女はきゅうっと口を結んでゆっくり首をかしげ、しばらく考えたのち、困った表情になるに違いない。

台湾に嫁ぐきっかけになったのは、『故郷の廃家』という映画を観て、霧社が無性に懐かしくなったからだ、とフミヱは言う。

主演女優の高峰三枝子は、映画と同名の歌をうたっている。

〽幾年ふるさと　来てみれば
咲く花鳴く鳥　そよぐ風
門辺の小川の　ささやきも
なれにし昔に　変らねど
あれたる我家に
住む人絶えてなく

昔を語るか　そよぐ風
昔をうつすか　澄める水
朝夕かたみに　手をとりて
遊びし友人　いまいずこ
さびしき故郷や
さびしき我家や

故郷を離れ半世紀もの時間が経った今こそ、この詞が彼女の心のより深い場所で音を響かせることだろう。

いや、すでにもう、先の帰国で口ずさんだだろうか。

付章

フミヱ二〇〇一年の夏

フミヱは朝きっかり六時にベッドから起き上がり、さっと身支度を整える。階下に降りて、六時二十分頃には表の掃き掃除を始める。

ざっ、ざっ、ざっ。

閑静な住宅街に、ほうきの音が響く。

ざっ、ざっ、ざっ。

日はとうに昇っているものの、朝の空気はまだどこか草木と露の混じりあったような匂いを含んでいる。

家の斜め向かいの雑草地に植わる巨木から、よくまあこんなにもと言いたくなるほど葉っぱが舞い降り、自宅の前や雑草地沿いの道を掃き清めるのが、ここ数ケ月来のフミヱの日課となっていた。

落ち葉やゴミを袋に片付け、家に入ると、だいたい時計は七時を指している。表の気温はまだそう高くなくても、体は汗びっしょりだ。すぐにシャワーを浴びてさっぱりし、それから朝食をとる。

フミヱの歳を聞いた人は、まあなんてお元気な、とびっくりするだろう。はや、八十六歳。昨年暮れ、右足を怪我して手術したのだが、その痛みが残っているほかは、いたって元気である。

連れ合いは、七年前に亡くなっていた。ふたりの八十歳を祝おうと、子供たちが一とフミヱの親交あった人々を大勢招いて催した祝いの会の数日後のことであった。一はあの世に召されるまで、台中の家からフミヱの住む埔里の家へ通い、牧師活動を続けた。夫が何歳まで牧師をしていたのか聞かれると、フミヱは「死んだから辞めたんですよ」、そんな言い方をする。

今住んでいるのは、一の知らない家だ。二年前の台湾大地震で、同居する誠の家は倒壊し、新しい家に移り住んだのである。幸い、台湾大地震のとき、フミヱは台北の和代のマンションに行っており、直接の被害を受けずに済んだ。こんなフミヱを、強運の持ち主という人もいる。なにせ、関東大震災のときは台湾に、霧社事件のときは東京にいた。日本初の高層建築火災で話題になった白木屋のビルの火事のときは、まだ幼稚園に勤めていた。東京が大空襲で焼けたときは、すでに台湾に嫁いでいた。そして、この台湾大地震のときは被害の少ない台北にいたのだから。

ミルクにパンの朝食を済ませ、新聞に目を通す。

まあ、長年中国語を眺めていると、親しむというのだろうか、それなりにこの地の言葉も少しはわかるようになる。なにより、活字に触れるということが、フミヱに安心感を与えていた。新聞に飽きると、今度は愛読誌『文藝春秋』のページを開く。今月号のなかでお気にいりは、石原慎太郎。どこがいいの？　そう聞かれても、上手く説明できないが、どこか惹かれる。作家としてよりも、東京市長としての石原慎太郎、歯に衣を着せぬもの言いをする彼に魅力を感じるのだろう。

昼の十一時が近づくと、そわそわとテレビのスイッチをつける。ＮＨＫのニュース番組（衛星放送）

が始まるからだ。以前は、朝六時、日本時間でいう「七時のニュース」も観ていたが、表の掃除をするようになってからは観ていない。その代わり、昼と夜には、時計をにらんでニュース番組が始まるのを待つ。それから日曜の昼には「のど自慢」、火曜の夜には歌謡曲の番組を、相撲の時期には相撲観戦を欠かさない。このNHKリズムは、フミヱの生活にしっかかと染み込んでおり、家族もちゃんと心得ていた。

世話をしていた三人の孫はみな成人し、とうにフミヱの手を離れた。今では三人とも埔里を離れて暮らしている。平日の昼間はフミヱ一人で留守番することが多く、午後の数時間は台湾のドラマを観て過ごす。途中、電話がかかってくれば、パタパタとスリッパを鳴らし、急いで受話器に向かう。いつでも第一声は「もしもし」だ。ここは台湾なのに、この「もしもし」は止められない。中国語のドラマの内容をどこまでフミヱが理解しているかといえば、母国語のそれよりもうんと低いといわざるをえないだろうが、それでも三十年近く昼間の留守を預かっている彼女のことだ、受話器の向こうの相手には、しっかりとした北京語で、家人が不在であることを伝える。

年寄りの留守番とあなどるなかれ。フミヱの留守番はなかなか忙しい。雨が降ってくれば、五階まである階段を登り、開いている窓を閉めて歩く。夕方近くになれば、洗濯物をとりこみ、畳む。食事の支度は嫁に任せているが、それでも米くらいは研いでおく。誰もそうしてくれと頼んでいるのではなく、フミヱ自身が、テレビと読書だけに一日を費やすことに耐えられないのだ。昨年足を怪我するまでは、もっと家の細かいこともやっていた。

大正生まれの日本女性にとって、常にチリひとつなく家を片付けておくのはごく自然なことなのだろう。が、家族にとっては、フミヱがとりわけ働き者に思えてならない。台中の武の家に暮らしているときもじっとしていることのなかったフミヱは、あるとき武に「母ちゃん、もっとゆっくりしていなよ」と労わられ、こう言い返したそうである。「働けないなら、死んだほうがまし」。根っからの働き者という性分だけでなく、息子の家に厄介になっているという負い目が、いつも彼女の頭の片隅に横たわっているのだった。

時間に厳しいフミヱは、いつも腕時計をし、かつ、日に何度もリビングの壁時計をにらむ。ニュース番組の始まりや、食事の時間、家族の帰宅時間などが気になってしょうがないのだ。同居している家族に限らず、頻繁に遊びにくる家族たちも、こんな彼女をどうみているのだろう。何十年と接してきたのだから、たまったものではない、を通り越し、もうなかば「これが母ちゃん」「これがお祖母ちゃん」とあきらめて、いや、認めているようだ。

フミヱは、規律正しかった戦前の日本の習慣を今でもそのまま保っており、それよりもずっと緩やかな時間の概念をもつ台湾社会で生まれ育った家族は、フミヱの厳格でまめやかな生活態度がいかに手ごわく、なにをもってても崩せないだろうことをよく知っていた。

どれだけ台湾暮らしが長くなっても、フミヱは食べ物にもなかなか馴染めなかった。たいがいのものは好き嫌いなくいただくけれど、いまだにニンニクは苦手だ。考えてみれば、台湾料理を日常食するようになったのは、長男が結婚して大嫌いな台所仕事から解放されたころからで、そんな歳から急にニンニクを好きになるのは無理な話である。

マレッパにいたころはなんでもおいしいと思って口にしたけれど、この前、山で祝い事があったからとお裾分けしてもらった豚の肉は食べられなかった。毛が生えたまま、頭も骨も、なにもかもが一緒くたに煮込んである。とても食欲をそそるものではない。台湾人の好む、カエルの肉というのもだめだ。みんな平気な顔で箸を伸ばしているけれど、あんなの人間の食べるものじゃない。そういえば、リュウガンという果物にも手が出せない。薄茶色の皮をむくと、牛の目玉のような粒が顔を出し、恐いのだ。

以前は、ああ、塩辛が食べたいなあ、なんて思ったこともあるけれど、歳をとってくると食に対する欲が薄らいでくる。とりたてて、あれを食べたい、これを食べたいなどとは思わなくなってしまった。それでも、食卓に納豆が並ぶことがあれば、おいしくいただく。人間、小さいころ舌で覚えた味は一生忘れないらしい。


このところ、フミヱは気になっていることがある。東京に住む妹の春代と、横浜に住む一の妹の敏子へ手紙を書かなくちゃと毎日思うのだが、いざ便箋とペンを用意してもなかなか書き出せないでいた。こんな気持ちになったのは、先日久しぶりに敏子からエアメールをもらったからだ。従姉妹の房子姉さん、弟嫁の美智子さん、かつては彼女たちとも文通をしていたけれど、今はどちらもこの世を去ってしまった。日本に渡った宏夫妻も数年前に相次いで亡くなり、今、日本にいる近しい親戚といえば、春代と敏子の二人だけ。フミヱは昔と変わらず、彼女たちのことを、はーちゃん、敏ちゃんと親しみを込めて呼んでいる。

二人とも、いくどか台湾に来てくれた。そういえば、ずっと長い髪をしていたフミヱが思い切って髪を短くしたのは、台湾にやってきた春代のアドバイスを受けてのことだった。はーちゃんも、敏ちゃんも、八十歳を超えた。自分が日本に行くことも、彼女たちが台湾まで会いに来てくれることも、もうないだろう。フミヱはそう思っている。

ある日、ようやくフミヱは二人への手紙を書き終えた。生真面目な彼女にとって「やるべきことをやっていない」のは、大きな心の負担だったのだろう。夏休みの宿題をやっと仕上げたとでもいうような、晴れ晴れとした顔になっていた。


フミヱはときどき、次男の誠の車に乗って眉原《ばいばら》に出かける。眉原には息子や娘たちの畑や別荘のほか、一家の墓があった。一が亡くなったのを機に建てたのだ。

墓石には「下山家族」という文字が刻まれている。学生時代からずっと「林」の姓を名乗ってきた子供たちが、中国姓の「林」ではなく「下山」の姓をあえて記したのは、父である一の思いを汲んでのことだろう。また、墓地を眉原に選んだのは、一の希望でもあった。ここはタイヤルの人々が暮らす村で、埔里から車で三十分ほど。山があり、自然がたくさん残る、静かな土地だ。

墓は当初、誠の畑の奥で、浅瀬の川が見下ろせる場所に造った。そこに立つと、心地よい風とともに、さわさわと流れる川の音が耳に届き、フミヱもこの場所を気にいっていた。が、例の大地震は、この土地にも大きな被害をもたらした。墓があと数十センチで川底に落ちるぎりぎりのところで助かったのは、ピッコタウレと一が守ってくれたお陰かもしれない。実は、一の遺骨を納める際、家族はマレッパに赴き、ピッコタウレの遺骨を探し出していた。生まれ育ったマレッパもよかろうが、やっぱり子孫と一緒の墓がいいのではないかと思い、ピッコタウレを一と一緒に眠らせたのである。

昨年暮れ、墓は、畑わきの別の場所に移し変えた。

八月十五日がやってきた。

台湾では、この日を特別な日ととらえる人はあまりいない。台湾が中華民国に復帰したのは十月二十五日で、この日を光復節と呼び記念日にしているからだ。以前は、毎年八月十五日になると、フミヱが「今日は残り物でいいね」と子供たちに言い、冷たい食事を摂ったものだ。子供たちが不思議がると、今日は日本が戦争で負けた日なのだよと教えていた。台湾では、春の清明節が祖先の墓参りをする日で、日本のようにお盆だからと墓参りに行く習慣もない。下山家でも、清明節に親族が集まり、墓参りするのが慣わしになっている。だけどフミヱはこの夏、思い切ってお盆の墓参りをすることにした。

確か、前に見たとき、花瓶が割れていた。新しい花瓶を買わなくちゃ。よし、操子に頼んで店に連れて行ってもらおう。眉原は車なしでは行けない。よし、マコにお願いしよう。外出を好まないフミヱが、なぜかこのお盆の墓参りには積極的だった。

先の大雨による土砂崩れのため、道はガタガタだ。八十六歳のおばあさんは、悪路のために車内で跳ね上がりながらも、なんとか眉原にたどり着いた。

用意した花は二束。ピッコタウレと一の眠る下山家の墓と、もうひとつ、霧社事件の犠牲者に捧げるためだ。あの、日本が中国と国交を結んだ折、ある失意の外省人によって倒された霧社事件慰霊搭の形見を、一はずっと大切に保管していた。「いつかきっとなんとかするから」という日本政府の関係者の言葉は果たされることなく、そのままになっていた。子供たちは、下山家の墓を作るとき、この慰霊搭の形見を祀る場所も設けた。そして震災後は、家族の墓と一緒に引っ越しもした。

フミヱは、黙って、あの世の人々に手を合わせた。

妹の春代は、東京の高齢者専用のアパートで気ままな一人暮らしをおくっていると聞く。年金をもらい、好きな手芸をして、誰に気兼ねなくやっているそうな。

口には出しにくいけれど、ぜひ妹に頼みたいことがある。

あたしね、死ぬときに着る着物がないの。

ほら、日本の白い着物、あるでしょう。あの着物を一着買って送ってちょうだい。こっちでは、売っていないの。

今、フミヱの心が一番暖ったかくなるのは、曾孫のイーちゃんのそばにいるときである。誠の孫にあたるイーちゃんは、まだ三歳。曾孫は何人もいるが、一緒にいる時間が長いからだろう、フミヱはイーちゃんが特にかわいくてたまらない。誠は車に乗るとき、いつもこの愛孫のために日本の童謡のカセットテープをかける。だから、誰が教えたわけでもないのに、気が付くと、イーちゃんは「かたつむり」や「しゃぼん玉」など、懐かしい童謡を口ずさんでいることがある。ところどころデタラメでもいい、イーちゃんの小さく愛らしい口元から日本のメロディーがこぼれるたびに、フミヱは目を細め、耳を傾ける。また、この曾孫からせがまれれば、フミヱがおもちゃの鉄琴をたたき、「鳩ぽっぽ」のミニ演奏を披露することもある。

幼い彼女は相撲観戦も好きだし、数人の力士の名前も知っている。飼っている犬の名前はチビというが、イーちゃんは「チビちゃん」と呼んでいる。たぶん、彼女は、「チビ」という言葉も「ちゃん」という言葉も、母国語ではないことをわかっていない。彼女自身がイーちゃんの愛称で呼ばれているのだから。

フミヱはイーちゃんと接するとき、おそらくかつて誠の子供たちを世話したときもそうであったように、できる限りの北京語を使う。おしゃべりを楽しむほどの北京語は話せないが、「ご飯を食べよう」とか「お風呂に入ろうね」など、ちょっとした言葉をかけ、少しでも曾孫と触れ合えるように。

一方、イーちゃんは、フミヱがほかの人と日本語で話しているのを、なんとも不思議なものを見るような顔つきで眺めることがある。海の向こうには日本という国があり、曾祖母はそこから嫁に来て、曾祖母の口から流れるのは日本の言葉だということを、イーちゃんが理解するにはもう少し年月がかかりそうだ。

霧社への旅

赤いスリッパ。

あの夏の日は、いつもこれから始まった。

電話をかけ、「今からおじゃましていいですか」と尋ねると、「どうぞ、どうぞ」軽やかに彼女は言う。さっと支度を整え、自転車を五分ほどこぐと、彼女の家だ。インターホンは鳴らさず、彼女が鍵を開けておいてくれた門を黙って入り、自転車を停める。そして、こんにちは、と家の扉を開けると、決まって赤いスリッパが一足、履きやすいように並べられている。これも、電話のあと、彼女が並べておいてくれたのだ。

二〇〇一年、わたしは、フミヱさんの話を聞くために、ひと夏を埔里で過ごした。標高もいくぶん高く、中央山脈の山々に囲まれるこの土地は、東京よりもうんと涼しい。むろん台北や台中などから訪れる者にとってもこの気候は格別である。

スリッパを履き、リビングに入っていくと、立ち上がった彼女は「暑かったでしょう」と言いながら、部屋の電気をつける。テーブルを見ると、読みかけらしき『文藝春秋』が。一人でいるのに灯りをつけるのはもったいないと、この陽があまり射さない部屋で、じっと目を凝らして読んでいたのだろう。

赤いスリッパは、フミヱさんを語るひとつの象徴だ。彼女の振る舞いを見ていると、異国の地において〈日本人の大切なもの〉をこれまでずっと守ってきたのだと、昭和四十年代に生まれたわたしでさえも感慨を抱かざるをえない。特に、人のもてなし方において、それが現れているように思う。

わたしはインタビューにあたり、ビデオカメラをまわすこともあった。初めてのインタビューを終えたあと、明日も話をうかがいたいとお願いすると、彼女はビデオカメラを指し、それ重いでしょ、なら預かっておきましょうか、と申し出てくれた。翌日、彼女の家を訪れると、彼女はどこぞから綺麗な緑色の包みを出してきた。ビデオカメラだった。フミヱさんは夜中、客間に置いたそれを思い出し、人様からの預かり物だ、何事かあったらいけないと急に心配になったらしい。そして、ベッドを出てとりに行き、風呂敷で包み、自分の部屋にしまい直したそうな。わたしはこれを聞き、彼女の気遣いに驚くと同時にいたく恐縮したが、あとになってみれば、彼女にはいつもそんなところがあった。

残念だったのは、彼女の記憶力がたいそう弱ってきていたこと。この数年、夫を亡くしたり、台湾大地震を体験したりと、心労を重ねてきた彼女には痴呆が始まっていた。自分の歩いてきた道のりをはっきりと思いだせないことがしばしばだった。

フミヱさんが自分からあれこれ語り出すことは少ない。しょっちゅう「あたしはね、人と話すの好きじゃないんですよ」とわたしを不安がらせる発言もした。そして、日本への未練を滲ませることもほとんどなかったが、ときに予想外の場面で、ふっとやわらかな感情を露出することがあった。あるとき突然「もっと若かったら、女学校の友達も（まだ日本に）いるんでしょうねえ。でも、今、全然わからないでしょうねえ」と言い出す彼女にわたしはちょっと面食らい、うれしかった。また、「出歩くのが大嫌い」という彼女が「早く、足が良くなって、埔里の町を歩いてみたいの。……そうねえ、どこでもいいの、とにかく行ってみたいの」と言って笑ったとき、わたしは、これは彼女のリップサービスではないかと一瞬疑った。でも彼女はリップサービスなんて微塵も言える人間ではない。いつも堅く絞り込んでいるように見える彼女の心も、ときにはほぐれることがあり、ちゃんと「人らしさ」を備えているのだと、失礼ながらもほっとした。

やっぱし、運命ですよね。

と言って、笑う。

台湾に嫁いだ理由をフミヱさんに尋ねると、ある映画の影響で、といつも彼女は答える。その語り口は流暢で、今まで何十回と同じことを尋ねられ、そのたびにこう答えてきたのだなと思う。あまりにも滑らかな彼女の語りを聞いていると、映画の話は虚妄でないにせよ、それだけを答えと受け止めていいのだろうか、もしかして、本当はもっと別の理由もあったのに、長い年月のなか繰り返し映画の話をしているうちに、それが彼女のなかの唯一の真実になってしまったのではないか、そんな疑念が湧いてしまう。

だから、あるとき、

「映画を観て、たまらなく霧社の景色が懐かしくなったのなら、遊びに来るだけでもよかったのにね」

と意地悪な質問をわたしは彼女に向けた。

やっぱし、運命ですよね。

しばらく沈黙したあと、彼女は運命という言葉を使った。

そうか、運命か。

フミヱさんの口から「運命」なんて言葉が出るのは、ちょっと馴染まないような気もするが、こう言われては、どうしようもない。

インタビューを始める前から、わたしは「どうして彼女は台湾の、しかも霧社という辺鄙で、日本人にとって特別な土地に嫁いだのか」「なぜ、いくども帰国のチャンスがあったのに、自らその切符を手放したのか」特にこのふたつを知りたいと思っていた。

正直いって、どこまで彼女の内懐に近づけたのかわからない。繰り返し示された彼女の答えとまわりの人々の話を頭のなかで反芻していると、はたしてそれだけなのか、まだほかになにかあるのではないか、と、思いは振り出しに戻ってしまう。

そのうち、わたしはこう考えるようになった。まだ顕わになっていない答えがどこかに潜んでいるならば、ぜひとも知りたい。けれど、彼女の話が絶えず一貫しており、見渡す限りこれを越える答えが見当たらず、たとえあったとしても信憑性の薄い話しか出てこないならば、これを〈すべて〉と言い切る満点の自信はないけれど、彼女の話すとおりを、彼女の物語に織り込もう。

そしてわたしは、堂々めぐりの黙考を続けながらも、わたしの知り得たフミヱさんの人生を綴り始めた。

いつも毅然としたフミヱさん。彼女の生きる支えはなんだったのだろう。

フミヱさんと過ごす時間を重ねるにつれ、わたしはその思いを強くした。彼女の頑固さに魅力を感じつつ、ときにあきれ、ときに悲しくなった。

彼女を支えてきたもの。もちろん、そのひとつは家族だろう。家族がいたからこそ、彼女は祖国を離れた島で、その人生の大半を過ごしてこられたのだ。けれど、家族を支えにするだけで、ここまで人は意思強く生きられるものだろうか。

ある日を境として、台湾社会からは日ごとに日本語が消えていった。戦後まもないうちは不便を感じることも少なかったろうが、だんだんと意思疎通がままならなくなる社会に不安を抱かぬわけがない。さらには家族が増えるにしたがって、彼女の身のまわりには北京語の会話が多くなり、生の日本語を耳にする機会が減ってゆくのも仕方ないことだった。すぐ目の前で家族がおしゃべりしている内容を理解できないフミヱさん。孤独な時間、彼女の心はどこを向いていたのか。

一さんは、晩年になり、キリスト教伝道の道を選んだことによって、ご自身の人生を取り戻されたように思われる。一方、妻であるフミヱさんは一緒に洗礼を受けたものの、どこまでそれを心の糧としてきたのか、わたしにはちっとも見えてこない。実のところ、名ばかりなのではと邪推してしまう。家族のなかには、「先祖がね、武士だったから」と、フミヱさんの性格や振る舞いを、いたって真面目な顔で「武家」出身の家柄に結びつける人もいるが、これもどんなものか。ただ、フミヱさんの父親は相当無口な偏屈者だったらしい。親からの遺伝や幼少時のしつけが、フミヱさんの芯を作るのに無縁であったとはいえないだろう。

一枚の家族写真——

遠くを見つめるような厳しい眼差しの口ひげ立派な老人、凛としたものを囲っているような印象の初老の妻、そして若夫婦と、小さな孫が二人。

確かこの写真は、台湾でも見た記憶がある。すっかり色褪せているけれど、フミヱさんが大事にしているアルバムのなかの一枚と同じものだ。何年も連絡がとれなくなっていたなか、ようやっと互いの消息をつかめたころ、日本の家族がフミヱさんに送るためわざわざ撮影したのだろうか。

フミヱさんの両親と弟の昌三さん家族が写るこの写真を、日本で昌三さんの次女・淑江さんから見せられたとき、わたしはハッとした。

弟さんの鼻から口にかけての輪郭がフミヱさんとそっくりだ。そして、お父さんの眼差しは、フミヱさんのそれとあまりにも似ている。

台湾でフミヱさんからこの写真を見せてもらったときは、ただ「ずいぶん年のいったお父上だなあ」くらいの印象しか抱かなかったけれど、あらためて見ると、フミヱさんと重なる遺伝子をもつ人たちが確かにここに写っているのだと強く感じる。日本でこの写真を見ているからなのか、フミヱさんと日本との結びつきが急にかたちになって現れたようで、わたしはいささか感激もした。一方、淑江さんは、わたしが持参したフミヱさんの近影を見て、お祖母さんそっくりだわと驚いていた。

わたしはフミヱさんの歩みをたどるなか、彼女の両親に対する興味も膨らんだ。興味というより、強い疑問といったほうがいい。いくら昔から知っている相手とはいえ、日本への大反乱のあった土地に、どうしてためらいなく娘を嫁がせることができたのだろう。これは、当時の霧社を知らない者の杞憂なのか。また、戦後やっと消息のわかった娘に、永住帰国が無理ならば、せめて「一度顔を見せておくれ」と、かき集めてでも旅費を用意しなかったのはあまりに寂しくないか。あるいは、自分たちが台湾を訪問する気持ちはなかったのか。体力的に無理ならば、誰かに「様子を見てきて欲しい」と頼むことはできなかったのか。「時代が違うのだから、あなたの価値観は通じない」と言う人もいるけれど、親が子を思う心は時代によって変わるものではないだろうし、なんだかしっくりこない。彼女の両親は、いったいどんな人物だったのだろう。

父・井上昌は、明治十二年あたりの生まれ。出身は千葉の佐貫だが、本籍は東京市本郷。現在の、ちょうど順天堂病院の裏辺りである。本郷に暮らしたのは、警察官として台湾に渡るまでのあいだと考えられるが、晩年、昌さんは痴呆が始まってから、千葉県津田沼の自宅から本郷まで一人で出かけて保護されたことがあるというから、よほど本郷に思い出があったのだろう。台湾に渡る以前は、日露戦争で出征したり、時事新報社に勤務した経験もある。一さんが健在なころからフミヱさんと付き合いのあるジャーナリスト柳本通彦氏の記事によれば、「(フミヱさんの)父は帝国陸軍特務曹長。親戚には陸軍少将もいる軍人一家」だそうだ。フミヱさんの妹・春代さんは「出が良すぎて、父方の親戚付き合いはほとんどなかったね。異母兄の昌一は父の出身のことを少しは知っていたようだけど、私は知らない」という。淑江さんによると、姉(昌三さんの長女)は「先祖はお籠に揺られる暮らしだった」と聞いたことがあるそうだが、それ以上のことはなにも知らないらしい。確かに昌さんは士族のなかでも身分の高い家の生まれなのかもしれないが、わたしの調べた限り、昌さんはそれを表に出さず、どちらかというと隠していた印象が残る。

母・喜久は、明治十七年あたりの生まれ。実家の片桐家は、岐阜県飛騨高山の千島でナンバーワンという豪農だった。女のきょうだいが多かったらしい。一族には教育関係者もいたようだが、彼女自身は看護婦という、明治の女性としては希少な職を手にした。高山で生まれ育った彼女が、どんな縁があり昌さんと結婚したのかはわからないが、どうも「黙って夫に仕える女性」ではなかったようにうかがえる。

喜久さんと結ばれる以前、昌さんは別の女性とのあいだに、少なくとも一人の男児をもうけていた。名前は、昌一。明治四十一年の生まれだから、フミヱさんの七つ上にあたる。彼は幼いときから奉公に出され、台湾には同行していない。金銭的な理由からか、それとも別の事情から日本に残されたのかは不明である。昌さんと昌一さん親子は、喜久さんの生前、行き来することも手紙を交わすこともあまりなかったという。昌一さんの長女は、「ずうっと小さいころ、小岩のお家に連れて行かれたことがあるわ。確か、お池があって……。祖父についての思い出は、唯一それくらいね」と話す。また、昌三さんに子供が誕生したとき、喜久さん夫婦は「初めての内孫」と喜んだそうだ。それ以前に、昌一さんの子供が生まれていたのに。昌さんは昌一さんに関して、喜久さんの手前、ずいぶん気を遣っていたことがわかる。彼ら親子が誰にも遠慮せず連絡とり合うようになるのは、喜久さんが亡くなってからである。

子供の話をいうならば、台湾で生まれた娘二人を養女に出したのも気にかかる。当時、台湾山地の警察勤務ということで、昌さんには相当の手当てが支給されていたはずだ。経済的に追い詰められた暮らしでもなかったろうに、なぜ夫婦は生後まもない娘を他人の手に渡してしまったのか。しかも、それから何十年も経て、彼らは息子夫婦に相談することなく、養女に出した娘の一人と同じ名前を孫(昌三さんの次女)に付けている。

　そもそもの疑問に遡るならば、昌さんが台湾に渡った理由に目をつむれまい。当時、彼は四十歳前後。未知の生活に飛び込むには、決して若いといえる年齢ではなかった。しかも、赴いたのは統治の過渡期にあった先住民の土地。霧社事件が起きたとき、昌さんは五十一歳となっていたが、現場の警察官としては高齢の類に入ろう。士族の血を継ぐ彼がどんな思いをもって台湾の山奥に入り、十年以上もの年月を警察職に捧げたのか、大いに興味をそそられるが、これは残された者たちがただ想像するしかない。

　台湾から引き揚げたあと、昌さんは隠居の身分となった。台湾勤務時の蓄えや恩給もあったであろうが、いくぶんかは子供の稼ぎに頼る生活だったのかもしれない、とわたしは考える。そして昭和十四年、昌さん夫婦は長女のフミヱさんを台湾霧社に嫁がせた。ところで、フミヱさんは結婚の当日、白粉もつけず普段着のままで会場に現われたという。はて、娘の晴れの日に、喜久さんはなにをしていたのだろう。そういうことにかまわぬ娘ならば、母もまた、女親なら喜んで手を出しそうな花嫁支度には興味がなかったのか。そんなひっかかりが残る。

　そしてフミヱさんが日本を離れたあとは、新聞社の印刷職工となっていた昌三さんが家計を支えたのだろう。喜久さんの姪の息子にあたる河田和成さんは、戦中、昌さんがよく河田家に酒を飲みに来ていたのを覚えている。事業を営んでいた河田家は金銭的に裕福であり、ツマミも豪華だったとか。人付き合いを好まないという昌さんも「酒とツマミに惹かれて」河田家を訪ねていたと勘繰るのは、あまりにも失礼だろうか。むろん、昌さんが河田家の主人と気が合ったのは前提であるが。

昭和十九年、東京の暮らしもいよいよ厳しくなると、和成さんは昌さんと喜久さんに手をひかれ岐阜県久々野村の堤家に縁故疎開している。小学六年生の和成少年は、朝六時に起きて火をおこし、飯を炊き、味噌汁をこしらえ、学校に行ったという。そして、ふた月のち、別の親戚のもとに預けられることになる。のちに和成さんは、口を濁しながら、「どうも、ばあさん（喜久さん）たちとお袋のあいだには、僕を疎開に連れて行くにあたり、仕送りの約束があったんじゃないかなあ。けれど、お袋が十分な仕送りをできなくなったので……」と当時を振り返る。疎開先で別れて以来、彼がこの夫婦と会うことはなかった。

昌さんと喜久さんは、戦後、昌三さん一家と暮らした。

台湾に住む娘の消息を知ったのは、千葉の習志野に住んでいたころだったろうか。やがて、昌三さんが津田沼の殖産住宅を買い、一家は住まいを移す。

昌さんは、生涯「明治の男」を絵に描いたような人だった。和服に、立派な口ひげ。無口で、気難しい。「お相撲が好きな人でね、家に遊びに行くと、よく、じーっと正座してラジオの相撲を聞いていた。あれっ、もうテレビの時代になっていたかな。正座してテレビの相撲中継を観ていたのが印象的だなあ。あぐら姿なんて、見たことないなあ」と、昌三さんの妻・美智子さんの実弟は語る。また、喜久さんは下着の洗濯も嫁任せだったが、昌さんは痴呆の症状が進行するまで、フンドシを必ず自分で手洗いしていたそうな。彼は極めて几帳面な質を備えていた。嫁の美智子さんの、読み終えた新聞紙を一枚ずつ丁寧に折り畳む習慣は、昌さんから教わったものだとか。

そして、数少ない証言ながらも、わたしに宿った「喜久さんの像」を一言でいえば、たいそう気の強い人。口うるさく、あまりやさしさを人には見せない女性だったようだ。

昌三さんの次女・淑江さんは、フミヱさんが一時帰国するまで、「台湾におばさんがいる」ことを知らなかったという。それを聞いたとき、わたしは不思議に思った。いったい、井上家では、フミヱさんのことが日常の話題にのぼらなかったのだろうか。淑江さんが小学校に上がるころ、喜久さんが亡くなり、昌さんの痴呆が始まったというから、淑江さんが直接祖父母からフミヱさんの話を聞くのは難しいとしても、昌三さんは淑江さんが十九歳になるまで生きていた。昌三さんの妻・美智子さんは、台湾の義姉家族のために、しばしば小包を送っていたが、淑江さんの記憶に留まるほどには、井上家でフミヱさんの話題が出ることはなかったということだろう。

フミヱさんの生存が日本に伝わったのは、昭和三十年頃と考えられる。フミヱさんの三女・操子さんの自伝によれば、〈霧社の日本人〉を写した一枚の写真が読売新聞に掲載されたことがきっかけだという。このとき、昌さんと喜久さんは、どんなに深い安堵の息をついたことか。そして、すぐに手紙をやり取りするようになり、フミヱさんが台湾に留まった理由も、ピッコタウレさんが亡くなったことも知ったはずだ。フミヱさんが中華民国に帰化していたとはいえ、まだ各地からの戦後の引き揚げ者がいた時代だし、日本と台湾には国交もあったのだから、昌さんと喜久さんは娘一家の帰国を望んだことだろう。でも、結局は二人とも娘との再会を果たさずにこの世を去った。

先に書いたように、仮にフミヱさんたちの永住帰国が難しくても、せめてフミヱさん一人の一時帰国や、自分たちが台湾に赴くということを、日本の家族は考えなかったのだろうか。航空券代が高く、簡単に行き来できる時代ではないといえ、「面会」する方法がまったくなかったわけでもあるまい。手を尽くせば、なにかあったはずだ。酒もタバコもたしなまない昌三さんは、生涯でマイホームを二度手にした。姉のために用立てる金を工面できなかったとは考えにくい。結局のところ、昌さんと喜久さん、そして妹や弟に、それだけの強い気持ちがなかったのだろうと邪推してしまう。悲しいけれど。それとも、そういう動きが少しはあったのだろうか。

わたしは、日本での取材を進めながら、台湾で垣間見たフミヱさんの家族や親戚関係をいくども思い出していた。フミヱさんが台湾で築いてきたそれらは、わたしの受けた日本の家族の心証よりも、うんと暖かで、うんと濃厚な絆だったからだ。これは「わたしの印象」と断わっておかなければならないのだが、フミヱさんの生家を覗こうとすればするほど、目の前に浮かび上がってくるのは、暖かみのあるとは言い難い人間関係なのである。一さんとの縁談が寄せられるまで、「結婚なんて生涯しない」と固い意思を抱いていたフミヱさん。彼女が意識していたかどうかは別にして、この独身願望には、家族との関係が大きく関わっていたのではないか。そしてまた、戦後「日本か台湾か」の選択を強いられたいくどかの場面で、彼女の根っこをこつんこつんと突っついていたひとつは日本での肉親関係だったと、わたしは抱懐する。

昭和五十年（一九七五）、フミヱさんが日本への一時帰国を果たしたとき、彼女はすっかり浦島太郎だった、とは誰もが想像することであろう。実際、それを裏付けるように、彼女は一時帰国の思い出を詳しく語ることもなく、その後頑に故郷の土を踏むことを拒んでいる。

植民地台湾に生活していた日本人女性を研究している竹内信子さんは、「親御さんが亡くなる前、『もしも、いつの日か、娘が日本に戻る日があれば、これを渡してやって欲しい』と、なにがしかの財産を残していれば、フミヱさんの気持ちも違ったかもしれないわね」と言う。財産というほど大げさなものではなくても、形見分けというか、なにか形あるものを残していれば、確かにフミヱさんの日本に対する印象が少しは変わっていたと、わたしも思う。それが金銭的価値のまったくないものであってもいいのだ。気持ちの問題なのだから。些細なきっかけで、フミヱさんは精神的な「日本の居場所」を見つけることができただろう。でも、知る限り、昌さんも喜久さんもそこまで気がまわらなかったようである。そして三十六年ぶりの日本は、彼女を客人として歓迎したものの、彼女の心を癒すほどの度量は持っていなかった。

本當に御無沙してすみません　長い事手紙を出さずに頂くばかりですみません
体の調子が悪く思ふ様に字もかけませんで　もう年末になりますので思ひきって書いて見ています
お元氣ですか　お仕事はなれましたか
どうぞ元氣でがんばって下さい

寒いでせう東京は　こちらはとてもあたゝかです
お正月はお休みがあるでせう
ではどうぞ体を大事にがんばって下さい　よい新年を迎へられます様にお体を大切に

林　文枝

この手紙が届いて半月ほどが経った二〇〇二年明けてすぐ、フミヱさんは脳の血管が切れ、倒れた。いっときは、歩くどころか、ベッドから体を起こすことすらできない状態であったが、数ケ月のうちに、ゆっくりと階段の昇り降りをできるまでに快復した。彼女のどこからそんな生命力が湧いてくるのかと、再会したわたしは目を見張った。

ただ痴呆は、進むことがあっても、なかなか軽くはならないようだ。これを機に、物事の認識力、記憶力が以前よりもぐっと衰えた。しかし、こんな言い方をしては不謹慎かもしれないが、彼女が痴呆を進行させることによって、わたしはますますフミヱさんという人を知ったように思う。ときに家族の顔さえわからなくなるという彼女が、いまだに、家のことをあれこれと心配したり、わたしの寝床や食事を気遣ってくれるのを見ていると、彼女の歩いてきた道のりをぐっと想像しやすくなるのだ。

ある朝は、「掃除したいけどなにから手を付ければいいのかわからない」と部屋をうろうろする。自分の身のまわりのことすらできなくなっているというのに。ある夕は、ゴミ出し（埔里のゴミ収集は夕方から）をしたかしらと気をもむ。自分の排泄物さえ処理できないときがあったというのに。そして、彼女の頭の地図は、突如、霧社時代に戻ってしまうことがある。フミヱさんのなかに染み付いているのは、東京よりも、埔里よりも、そしてマレッパよりも、霧社なのだ。

また、彼女は涙もろくなった。家の者の帰宅が遅くなったり、家族がちょっと遠出すると聞くと、こらえることなく涙を流す。わたしが見舞いを兼ねて滞在させていただいていたときも、夜わたしが知人宅に出かけなかなか帰らないのを、涙していたそうだ。その晩「ただいま」と声をかけると、フミヱさんは、またわあーっと涙腺を緩ませた。このころ、半年ぶりに会うわたしのことを、彼女は覚えていなかった。ただ、日本から来たお嬢さんになにかあったら大変だ、と心配していたのである。わたしへの涙は別として、彼女の流す家族への涙を見ていると、この台湾で家族がばらばらにならないことを一番に考えて彼女はやってきたのだなと思わされる。家を守る、そして家族が離ればなれにならないようにする、これは彼女の生涯の仕事なのだ。

まだ箸をもつのがやっとの快復具合のころ、わたしは何品かの日本食を用意した。以前「おいしい、おいしい」とつけ汁まで一滴残らず飲み干したざる蕎麦や、インスタントの赤飯や、簡単な惣菜などをちょっとずつ盛った盆を運ぶと、フミヱさんは「ああ、いい匂い。おいしそうねえ」「ほーんと、いい匂いですねえ」と何度も声に出し言った。

でも、本当は、そこに料理の匂いなどほとんどたってはいなかった。

小っちゃい子供みたい。

母ちゃんは子供になってしまった。

老いてボケた母を、長女の和代さんはこう言い表わす。

ただ、フミヱさんが本当の子供と違うのは、ボケてなお、家族を思い、まわりへの気遣いを忘れないでいる点だ。

警察署の前、大きく枝葉を伸ばす一本のガジュマルの木。

このガジュマルは、霧社事件も、日本の敗戦も、この霧社で起こったなにもかもを、ずっと黙って見つめてきた。地元の人の話によると、大正十二年の裕仁皇太子の台湾行啓を記念して植えられたものだという。その後、中華民国の時代となって、「あれは日本人が植えたものだから、切り倒してしまえ」という意見もあったらしいが、結局は、時代が変わっても「昭和天皇」を尊ぶ人々の心と、また、老木には神が宿るという台湾人の信仰から、こんにちまで生き長らえてきた。

わたしは、二〇〇三年の夏、フミヱさんの足あとを探る総括として、霧社へ旅立った。これまでいくどか霧社を訪ねていたが、ゆっくりと腰を落ちつけて取材にあたるのは初めてだった。

散歩をしていると、いつもとは違う霧社の風景に足がとまる。メイン通りの賑わいが途切れる場所にこれまで確かにあった「旧・日本人警察官宿舎」があとかたもなく消えていたのだ。あの、壁板がすっかり黒くなり、それでも丈夫な面持ちで建っていた平屋の日本家屋。いったいどこに消えたのか。まるで、わたしの記憶がどこか間違いを囲っているのかと思われるほど、それは別の風景に変わっていた。通りを逸れ、「ここにあったはず」の場所に立ってみると、まだ生々しい葉の繁る大木が、いく本も横たわっている。これまで、わたしは台湾を歩き、「日本時代」を語る人々と知り合うだけでなく、目に見えるかたちで日本時代を訴える数々の建築と出会ってきた。そして、あの旧・日本人警察官宿舎は、わたしのなかで「かつてここに日本が存在した」と思い起こさせる、ひときわ象徴的な建物だった。

「つい最近壊したのよ。あれはね、全部ヒノキだったの。大正五年に建てた警察宿舎。（もともとは一列十二軒あったわね。上側の木もじゃまになるって、二、三日前に落としてしまったの。えっ、あそこがどうなるのかって？　よく知らないけど、停車場にするらしいよ」

霧社の人は、そう教えてくれた。


かつては辺鄙な場所と位置付けられていた霧社も、今や休日ともなれば、その先の温泉や牧場などへ行くための、観光バスやマイカーが連なり走る賑わいである。そしてまた、霧社自体も「抗日の英雄・モーナルーダオ」を祀る地として、南投県観光の一役を担っている。

わたしは、旧・日本人警察官宿舎が消え、世代交代の進む霧社で、いったいどれだけ林文枝さんを知っている人と出会うことができるのか、いくらかの不安を抱えていたが、実際は思った以上に彼女と同時代を生きた人々が霧社に暮らしていた。

ただ、取材の成果はなかなか上らなかった。突然の訪問にも拘わらず、みなインタビューに応じてくれるのは有り難いのだが、返ってくるのは当り障りのない話がほとんど。みな、口を揃えたように「あの人は、真面目で、性根のやさしい、とっても親切な人」とフミヱさんを語る。なかなかその先が出てこないのだ。「いかにできた人間か」という話に進展することはあるが、人としての弱さ、女としての脆さが露出することは、まず、ない。これではいくら時間をかけても、すでに取材してきた彼女の像を上塗りするだけの話しか見出せないように思えた。今回の取材にあたり、わたしは一家の霧社での生々しい暮らしぶり、例えば、対外省人との関係や、ぽつんと残された日本人の孤独や、いかに質素な生活であったかなど、品のない言い方をすれば「林文枝を裸にしたような話」を聞くことができればとの心算を抱いていたのに。この狭い町、この小さな共同体のなかで、なぜこうも彼女に対する印象は同じなのか。誘い水をかけても、いっこうに土地の人たちがのってこないのはどうしてか。

――わたしは、かつてこの町に住んでいたという人や、一度は町を離れたが再びこの町に戻ってきたという人から、ここがいかに噂好きな土地かを聞かされていた――人と人との「壁」が薄く、互いの様がこんこんと響きやすいこの土地で、実に振動の伝わりにくい丈夫な「壁」をフミヱさんは築いていたらしい。同じ時代、同じ霧社の空気を吸っていた台湾人、タイヤル人のほとんどは「郵便局の窓口に立つ、日本人のおばさん」しか見ていなかった。

そのうち、わたしは「ひとつの答え」を見つけたような気がした。

これこそ、フミヱさんの生き方の表れではないか、と。

常日頃から、慎みを忘れず、身に起こるあれやこれやを決して他人には漏らさない。その結果、彼女は女として、人として、ある理想の姿ともいえる印象を、まわりの人々に植え付けてきたのだ。誰にも「壁」の内側を見せることはなく、ごく身近にいた人間だけが、その「壁」を伝うわずかな振動を知っていた。

くしゃみひとつせず、フミヱさんは、この霧社で生きてきた。

それを確かめたことが、今回の旅の収穫だった。

霧社を発つ前の晩、町のなかをぐるりと歩いてみた。

メイン通りのセブンイレブンには、いつ覗いても客の姿がある。営業時間の長さだけでなく、毎日新しいパンやミルクが棚に並ぶこの店のオープンは、霧社の人々にとって実に画期的な出来事だったろう。かつて桜台と呼ばれた辺りには、民家や山荘などが建ち、「なーんにもない原っぱ」の面影などどこにも残ってはいない。ここでフミヱさんやフミヱさんのお父さん、きょうだいたちが、日本の軍歌をうたっていた時間があったなど、忘れてしまいそうだ。桜台を下り、霧社事件の主導者といわれるモーナルーダオの墓や抗日の記念碑がある広場に出ると、オレンジ色の外灯のもと、若い男女が肩を寄せあっていた。霧社は、田舎ではあるけれど、東京や台北とさして変わらない時を刻んでいるようだった。

車しか通らない道をとぼとぼ歩くと、じきに町はずれに出る。

昭和十年に造られたという階段を登り、かつて日本の神社があった場所の斜め裏にまわったとき、どこからか、すうーっと霧がたち現れた。まるで誰かが来るのを待ち受けていたかのような登場だ。外灯に照らされた白い空気は、たゆたいながらも、左から右へ静かに流れてゆく。いくら目を凝らしても、その先にあるはずの木々繁る場所を確かめることはできない。どこから生まれるのかわからない、色のついたそれは、ゆっくりゆっくり目の前を流れ続ける。

ひと気のまったくないところにいるのは、あまり気味のいいものではなかったが、なぜかしら、わたしはここを離れることができないでいた。

時計の針が止まってしまったよう。

透明な空気に包まれた、自分の立っている場所が現在で、白い空気が流れる一帯は、過去。

まるで〈現在〉から〈過去〉を見つめているような感覚。

霧の多い土地だから、人はここを「霧社」と名付けた——そう聞いたことがある。

フミヱさんが長く暮らした戦後も、嫁に来た当時も、そして日本人がここにやってくるずっとずうっと以前から、この霧は辺りを泳ぎ続けているのかもしれない。

あとがきにかえて

その一、原体験

フミヱさんが父・井上昌さんの仕事の関係で最初に台湾に移り住んだのは、五歳のとき。当時は「数え年」を慣用としていたことを考えると、これは大正八年にあたるとみてよかろう。昌さんの最初の赴任地は定かではないが、霧社を中心とする能高郡下の一駐在所であると思われる。そして、フミヱさんは遅くとも小学校に上がる年の春から、霧社で暮らした。フミヱさんの原体験には、薄っすらであるにせよ、いつも山地人の存在があったわけだ。ここに彼女の人生を分けるひとつのポイントがあると、わたしは考える。フミヱさんのなかの民族差別意識はいかがだったか。当時、台湾の山地に入る日本人といえば、警察官がほとんどで、彼らは管轄蕃社（部落）のなかで御殿様のような存在であったという。「日本人」であることが、ひとつの権力となり、ときに山地人を侮蔑する振る舞いに出る日本人警察官の姿は想像に難くない。当然、そういった大人のもつ世界観は、子供にも感染し、日本人子女のなかにも民族差別意識が浸潤していただろう。ただ、その人の持って生まれた心の種や、その親の価値観や、教育によって差別意識は増減するものである。霧社で少女期を過ごしたフミヱさんは、微塵も「山地人に対する差別」を抱かなかったとは考えにくいが、実際に山地人の子女などと触れ合う経験や、生まれもっての心の種により、「差別」の芽ばえを幾分減じていたと推測される。もしも、フミヱさんが過分に山地人を蔑視する子供であったなら、のちにタイヤル人の血をひく下山一さんに嫁ぐことはなかったはず。

確証のないドラマを織り込むことは慎まねばならぬと思いながらも、わたしは、どうしても、「フミヱさんを、霧社に吸引」する周到な人生の仕掛けが、彼女の少女時代から用意されていたのではないか、との考えを捨てられない。フミヱさんの通った霧社小学校の同じ教室には、佐塚昌男（日本人警察官・佐塚愛祐とマシトバオン社頭目の娘・ヤワイタイモの長男）、下山宏（ピッコタウレの次男）、オビンナウイ（霧社事件で自死）、オビンタダオ（霧社事件の貴重な証言者となる）という、植民地時代の日本と霧社を色濃く結ぶ人物がいた。これは単なる偶然なのか。偶然にしては、あまりに近い場所に、あまりに固まっていやしないか。このころからすでに「フミヱさんが霧社に嫁ぐ」伏線が張られていたとの発想は、突飛であろうか。もう一歩想像を膨らませるならば、一さんの父・治平さんが警察の職を辞さなければ、ピッコタウレさんが霧社に住まいを構える必要はなく、しからば、少女だったフミヱさんが、のちに義母となるピッコタウレさんと霧社で交わる機会もなかったはずである。正確な期間は不明だが、この時期に「ピッコタウレ母子と井上家が交わった」出来事は、極めて重要だ。（なお、本文では「治平さん帰国後のピッコ一家を井上家が見ていた」ととれる書き方をしたが、「自分たちが霧社の警察宿舎に住んでいたとき、まだ治平さんは埔里にいた」とフミヱさんの妹は記憶している。また、本文では「両家は霧社で一軒置いた隣同士だった」としたが、「直に隣合っていた」との話もある）。ともかく、この両家が知り合う時間があったからこそ、フミヱさんの両親は娘の霧社への嫁入りを認めたのだろうし、また、フミヱさんのなかから「嫁入り前の娘が漠然と抱く、姑への未知なる不安」が取り除かれたのだろうと推察される。さらには、フミヱさんとの縁談が決定する前に、一さんは別の女性との再婚話も進めていたが、どちらを嫁にするかの選択を迫られた際、一さんは母にその決断を委ね、少女時代のフミヱさんを知る母は「もちろんフミヱさんよ」と返したとのエピソードもある。つまり、一さんとフミヱさんの子供時代、下山治平さんが霧社の舞台から消え、ちょうどそのころフミヱさんの両親が霧社に住んでおり、ピッコ母子と井上一家が出会った過程にも、のち「大人となったフミヱさんが、再び霧社に呼ばれる」お膳立てが浮んで見えるのだ。

その二、霧社事件

昭和五年に霧社で起きた日本人大量殺害。これは、日本人に対する山地人の命をかけたレジスタンスであった。霧社公学校の運動場は最大量の血を流す現場となったが、その他、霧社管内の駐在所も襲撃を受けた。当時、フミヱさんの父は三角峰駐在所に勤務していたが、ここも襲撃を受けた駐在所のひとつであった。

『昭和五年台湾蕃地　霧社事件史』（台湾軍司令部編。中央経済研究所による復刻）には、『タウツア』社ノ一部蕃人ハ自社ニ在リテ立鷹、三角峯ノ二駐在所ノ襲撃ヲ擔任シ二十七日午後六時頃ヨリ所員不在中ノ駐在所ヲ襲ヒ掠奪ヲ恣ニセリ」とあり、立鷹と三角峰の警察官たちは、襲撃を受ける前に避難していたことがわかる。山地人の襲撃で命を落とした駐在所の職員や家族が少なくないなか、なぜ、フミヱさんのご家族らは事前に避難することができたのだろうか。

事件当日（十月二十七日）の朝の八時十五分頃、霧社方面からの盛んな銃声を不審に思ったロードフ駐在所の職員は霧社に電話連絡を試みるも応答がなく、立鷹駐在所を電話で呼び出して注意を与えた。この連絡に続いて、トロック蕃、タウツァー蕃の避難者通過によっても事情を知った立鷹駐在所の職員は、これらの状況を伝えるべく、三角峰駐在所に連絡をとった。それに併せて、早期に蜂起を知ったタウツァー駐在所からの使者（山地人）によっても、立鷹・三角峰の二駐在所は、霧社一帯の不穏な空気を察知するにいたった。これは『霧社事件誌』（台湾総督府警務局編。『台湾霧社蜂起事件―研究と資料―』（社会思想社。戴國煇・編著）内に翻刻のかたちで収録）から読み拾った話だが、おそらくこのとき、フミヱさんの父・井上昌巡査は台湾に赴任して以来最大の緊迫感に包まれたことであろう。（事件前、彼は三角峰駐在所にて、日本人警手一名、台湾人警手四名の部下をもつ、責任者の立場にあったが、事件当日の職員在勤状況については定かでない）。同資料によると、立鷹と三角峰の駐在所では、家族を付近の山林に避難させ、職員は駐在所を死守していたが、幸いに同日、両駐在所が襲われることはなかった。この日は、ロードフ駐在所がいわば「楯」となり、ロードフ社・スーク社の住民による立鷹・三角峰方面への侵入を防いだのである。ロードフ駐在所が襲われたのは、立鷹駐在所に注意を与えたのと、ほぼ時を同じくしていた。そして翌日、午前五時頃に立鷹駐在所が、午前七時頃に三角峰駐在所が、タウツァー蕃ルックダヤ社の住民から襲撃を受けるのであるが、このときすでに職員は避難を済ませていた。先の資料で「二十七日午後六時頃ヨリ所員不在中」とあったが、井上巡査は事前に「焼き討ちされたら逃げ場がないし、少人数の守備ではまとまった数の敵陣にとうてい敵わない。妻子も保護せねばならぬ。早々に職員一同避難すべし」と、立鷹の千葉巡査部長と相談していたに違いない。加えて、タウツァー駐在所からの連絡のなかにはタウツァーへの避難を勧める内容も入っていたであろう。

霧社事件で三角峰からタウツァーに逃れた経験をもつ、フミヱさんの妹・春代さんは「ずっと山から川へ降りて、タウツァーってとこまで。蕃人が出てきたんで、その蕃人に、コジマさん（のもとに）連れて行けって（命令をして）」と話しておられたが、この「コジマさん」とは、タウツァー駐在所の小島源治巡査とみて間違いなかろう。彼は山地人の信頼厚い警察官だったらしく、彼の存在がタウツァー蕃蜂起の重石になったとの見方もある。タウツァーは大きな蕃社だ。ここの住民が蕃をあげて事件に加われば、植民地台湾史最大のレジスタンスは、さらに被害を拡大させたことに疑いはない。タウツァーの全社がその気になれば、立鷹や三角峰の日本人たちはいとも簡単にその命を奪われたであろう。

ところで、三角峰を離れ、タウツァーに避難した井上家であるが、その身は必ずしも安泰ではなかったようだ。小島源治が寄稿した『理蕃の友』（昭和十五年十月号）のなかには、こんな話が残されている。「立鷹駐在所の千葉部長夫妻や三角峯の井上巡査夫妻、警手黄財の妻子等九名の者が、ポツリポツリと生命からがら避難して来る。頭目は夫れ等を全部自宅に匿まい私に對すると同様丁重な保護を加へた」「二十九日午前十時頃（中略）危く寝首をかゝれるところであつた。事件以来二晝夜に亙つて私等の保護やら蕃社の警戒で綿の如く疲れた頭目等は午前中などは普通敵の来襲する危険が少いので(中略)休息して居る時であつた。私等十名の者も頭目方の寝臺で皆寝そべつて居たところ(中略)

私はフト頭を上げて其の人を見ると、何と恐るべし身には首取の際の服装を纏ひ耳飾までもつけた蕃丁が蕃衣の下に手をやり蕃刀の握に手をかけて、物凄い身構へで立つて居るではないか。(中略)。若し私が今少し気附かなかつたら、私等は當然彼の蕃刀の錆となつて居たのは勿論勢の乗ずるところ、タウツア蕃全部も之に引摺られて兇蕃といふ立場に變つて居たであらうとの観察も下される譯である。思へば身の毛もよだつ、危機一髪のところであつた」。前出資料『霧社事件誌』に「千葉部長の妻女、警手黄財の妻子等七名は同日午後一時三十分、千葉部長は同夜七時三十分、三角峰駐在所井上巡査夫妻は翌二十八日午後八時三十分何れもタウツア駐在所に引揚げたり。而して全員は同駐在所を引払ひて防備上有利なるトンバラハ社頭目タイモ・ワリス方に移り全力を挙げて社衆の操縦に努め」と記録されている点からも、二十九日午前にタウツァーの頭目宅にて体を休めていた日本人のなかには、フミヱさんの両親と妹弟も含まれていたと考えられる。一時的に避難した先においても、フミヱさんのご家族は命を奪われる危機に瀕していたのである。なお、同二十九日のうちに、東勢郡から応援隊が駆けつけたことによって、タウツァーに避難していた日本人はそれなりの安堵を得たものと思われる。

少々長くなってしまったが、これが三角峰方面の霧社事件の概要である。(資料を精査していくと、細部において種々疑点も生じてくるが、そこまで触れるのは本稿の趣旨ではないために省略する。ここは霧社事件における井上家の動きを追うことを第一の目的として書いたことをご承いただきたい)。

もしも事前に蜂起の情報がもたらされなければ、もしもロードフ駐在所が早々に陥落していたならば、三角峰にいたフミヱさんの両親・妹弟が事件の犠牲者となっていた可能性は極めて高い。そしてまた、上の弟・昌三さんは事件の大舞台となった公学校の運動場に居合わせたものの、校長官舎に逃げ込み一命をとりとめたが、これは九死に一生を得る幸運であった。（フミヱさんによれば、弟は日本人医師の袴のなかに頭を隠し難を逃れたそうであり、この医師とは、当時霧社に住んでいた志柿公医を指すと思われる。ただ、校長官舎に避難した弟が本当に公医の袴に隠れていたのかどうか、もしかしたら記憶が混乱して伝えられた話ではないか、との印象も拭えない）。つまり、霧社事件で井上家全員が生き残ったのは、偶然が重なった末の奇跡といえる。この奇跡が起きていなければ、フミヱさんが霧社に嫁ぐことは決してなかったろう。（『霧社事件誌』に掲載されている「遭難者一覧」には、昌三さんを「三男」、修さんを「四男」と記してある。本文では昌一さん（異母兄）の存在を紹介したが、右資料にならうならば、フミヱさんには、もう一人男児のきょうだい（おそらく異母の次兄）がいたことになる。また「遭難者一覧」には、喜久さんの名前を「きく」と表記してある。本原稿では、彼女の墓石に刻まれている「喜久」を用いた）。

その三、植民地育ち

高等科二年に上がる春、東京に戻ったフミヱさん。十代半ばの彼女は、台湾と日本、かたちとなって現われる生活環境の違い、人々のもつ空気感の差異を、どうとらえていたのか。この辺りの心境をご本人から聞きそびれてしまったが、きっと聞いたとしても、彼女の人柄からして、「別に一緒ですよ（台湾も日本も変らない）」との短い答えが返ってきただろう。

しかし、「別に一緒ですよ」なんてことはあり得ないとわたしは思うのだ。思春期に、植民地台湾へ（しかも山地人・日本人・台湾人の交差する土地〉から、日本・東京へやってきたのだ。物心の両面から、彼女の視線に変化をもたらす、なんらかの力が及んだと考えるのが自然だろう。植民地政策には「表」と「裏」がつきもので、程度こそはわからぬが、フミヱさんも、日本と台湾のあいだに横たわる表と裏を体感したのでは。また、一般論として、「植民地の日本人社会」から「日本の日本人社会」に移り住んだ者には、気後れというか、漠然とした心細さがつきまとうことも不思議ではなかろうから、それがフミヱさんの人生にどう影響を与えたのかも気になるところ。加えて、霧社事件。いっときは家族の生死すら不明となっていたこの事件に、「霧社育ちのアイデンティティー」はどう揺らいだのか。

　話の時間軸は少し戻るが、埔里の小学校高等科に通っていたフミヱさんが本国の師範学校進学を望んでいたことから、フミヱさんとご両親のなかに、植民地への見切りをつける思いがあったと察してよかろう。まあ、当時の日本人警察官のうち、植民地台湾に骨を埋める覚悟の人がどれほどいたかと想像すれば、井上親子の判断は自然な流れといえる。が、フミヱさんは師範学校の入学試験に受からなかった。これは、彼女にとって生まれて初めての挫折であったと、わたしは臆断する。ガツガツした勝気ではなく、心の底で静かな闘志を燃やすタイプの娘。台湾の地方では優秀を極めた生徒であっても、東京という枠のなかでは通用しないこともあるのだと、初めて知る出来事だったに違いない。しかし、だからといって、フミヱさんがこの挫折をどれほど引きずったのか、その加減は明らかでない。早々に気持ちを切り替え、前向きに洗足高等女学校（大正十五年、クリスチャンの前田若尾が設立。前身は平塚裁縫女学校）での学生生活をおくったであろうと、わたしは願いたいし、彼女の娘時代のアルバムも、そう語っていたように思い出される。

その四、独身願望と縁談

本文のなかでも触れたが、フミヱさんは「結婚などせず、自分で働いて生きていこう」という、当時の日本人女性としては稀な考えをもっていた。この独身願望はなにに起因するのか。戸籍上はともかく、長子として育っていたフミヱさんは「家族を養う」責任を感じていたのかもしれない。上の弟は体が弱く、下の弟はまだ学校に通っていた。それから、「家庭に入るだけが女の生き方ではない」と、自立心の強い彼女は悟っていたのだろう。しかし、それだけなのか。なにか精神的痛みを伴う体験、例えば、誰かに操を立てるまでの恋愛体験や、縁談を疎むほどの深い煩いの過去でもあったのか、あるいは、未知の結婚生活に儚い匂いを感じてしまう超過敏さを囲っていたのか、想像はいくらでも広がるが、所詮、それらは想像の内側にしかない。ただ言えるのは、下山一という男性と、霧社という土地と、もしかしたら加えてなにかほかの要因が、彼女の強固な独身願望を溶かしたということ。

フミヱさんが結婚に踏みきった心の動きは本文でもなぞってみたが、これはいくらなぞってもなぞり足りない謎である。「一さんに好感をもっていたから。霧社が好きだから」、それだけの理由で独身願望の強い彼女が縁づいたのか？　適齢期を迎えた女性だもの、特別の雨風が吹いたわけでもないのに、いつの間にか独身願望の炎が小さくなっていたと考えるのも、なんら不思議ではない。だが、しかし、それでも「日本人大量虐殺のあった土地」「山地人の母をもつ男性」の垣根は、当時の日本人女性にとって相当に高いものであったはず。その垣根を、ひょいっと、いとも簡単に越えたように見える裏には、なにがあったのか、なにもなかったのか。

実は、フミヱさんは当時を振り返り、お父さんたちが先にそのつもりになっていた、お父さんたちは前から一さんのことを知っているから、いいでしょと決めてしまった、お父さん、お母さんがよかったら、自分はもうそれでいい、自分はどっちでもいい、そんな言い方をされることもあった。そして、フミヱさん自身、「霧社」という土地への抵抗感はなかったし、一さんの「血筋」も気にならなかった、と明言している。（「霧社」という土地にこだわり、「一さんの血筋」を重視してきたわたしの思いは、色眼鏡の先にある極めて独りよがりな偏見だったのか。とすると、本原稿のテーマは根底からくつがえることになる）。なお、フミヱさんの姑になるピッコタウレさんはマレッパ蕃の出身であり、そこは霧社事件では蜂起していない蕃社であることを、念のため記しておく。

本文に重なるが、再度なぞっておこう――ある映画（『故郷の廃家』昭和十三年十月封切り）を観て、ちょうど霧社を恋しく思っているときに、霧社の一さんとの縁談話が舞い込んだ。このとき、フミヱさんの両親は「ずっと結婚にそっぽを向いていた娘だ、この話も断わるに違いない」と思っていた。が、意外にも、彼女は従来のような明確な断わりを示さず、両親は、驚くとともに喜んだ。そして「事件後の霧社の鎮静ぶりは知っている。娘婿として一君は合格だ。娘の歳を考えると、なんとしてもこの結婚をまとめたい」と、フミヱさんのはっきりとした答えを聞かぬまま、話を進めた。当のフミヱさんは、そんな親の姿を見て「今さら断わることもできない」と感じていただろう。「霧社に行ってみたいし、一さんなら結婚相手としていいかもなあ」と、年頃の娘なら誰もがするように、そっと自分の未来を胸の秤にかけてみた。この時点ですでに「一さんへの淡い気持ち」が発芽していたかもしれない。あとは、波にのったまま、昭和十四年夏の祝言を挙げるにいたった。「霧社に嫁いだ理由」は、繰り返しフミヱさんと話したテーマのひとつだが、結局、この答えを越えるものはなかった。

わたしは戦前の日本の空気を体感することはできないけれど、昭和十年代初めの、西洋文化に染まる東京の華々しさ(現代の比ではないにせよ、当時の人にとってみれば相当の華々しさがあったろう)、忙しなく都会生活に埋もれる人々、どこぞから匂ってくる軍国主義のきな臭さを、思い浮かべることはできる。そんな日々のなか、青ーい空の広がる台湾の山里を懐かしむ方向に心が発つのも、とても自然なことに思える。「あたし、東京みたいにごたごたしたところ嫌いですね。山の静かなところ好き」と八十半ばを超えた彼女はきっぱりと言う。「台湾」が「日本」だった時代、霧社育ちの娘が「霧社に嫁ぐ」垣根は、案外と低いものだったのかもしれない。「一さんと結婚したのではない、霧社と結婚したのだ」と、長い結婚生活のなかでフミヱさんは口にすることもあったという。

その五、台湾残留

戦前や戦中から日本を離れアジアのほうぼうにいた日本人のうち、敗戦となっても異郷に暮らし続けた人の数は、いったいどれほどにのぼるのか。異郷で築いた家族、戦犯の問題、現地への留用、日本での苦い記憶など、それぞれの事情を胸に母国以外の地で戦後を生きてきた方は、少なからずおられるだろう。ただ、想像するに、現地婚ではない所帯持ちの民間人が長く異郷に留まるケースは稀であったのではなかろうか。とりわけ、比較的スムーズに帰国事業が進められた台湾において、帰国召集の度重なる連絡を受けながらも、それに応じなかった日本人は、ごくごく一握りであったと推測される。ここでまた、フミヱさんの謎にぶつかるわけだ。義母の思いを汲み中華民国となった台湾への残留を決意したフミヱさんの心情には近づけそうにも思えるが、義母の亡きあとも一家が台湾に留まった経緯には、どうしても首をかしげてしまう。マレッパ移住後、一さんは不法滞在にならぬよう、せっせと役所に通い、しかるべき書類を提出していたという。それを暗黙に了解していたフミヱさん。自分たちの立場を弱くしながらも、二人は台湾残留を採った。

次に、本文のなかでは光をあてなかった、このころのフミヱさん、一さん、それぞれの親子事情をみてみたい。

終戦から約十年、フミヱさんと日本の両親の音信は途絶えていた。この間、フミヱさんの身になれば、「日々の暮らしに精一杯で、日本と連絡をとる余裕がなかった」「連絡をとりたくとも、その手立てがわからなかった（フミヱさんが知る終戦前の両親の連絡先は小岩（東京）の借家の住所であったと思われ、戦後、両親はそこに住んでいなかった）」のだろう。そして、わたしの勝手な推測なのだが、「お父さんとお母さんが、霧社への嫁入りを許さなかったら、自分はこんな苦労をすることもなかった。なぜ、お父さんとお母さんは霧社への縁談を進めたのだろう」、こんな気持ちに襲われることも、ときにはあったかもしれない。

では、フミヱさんのご両親は、どうだったのか。下山家と連絡をとり、娘の消息を探っただろうか。四方八方手を尽くし、台湾の役所に照会しただろうか。その気になれば、父は警察時代の人脈をたどり、昭和二十一年春頃までの霧社周辺の情報を得ることは可能であったろう。また、しかるべきところ（引き揚げの世話役だった人物や、引き揚げ者の団体など）に問い合わせれば、そこからのツテで、娘一家がマレッパに移り住んだことを知り得たはずだ。そして早期に親子の連絡がとれていたならば、フミヱさんが帰国を願う気持ちは、目の前の状況を変えるほど、ぐんと加速しただろう。

一さんの妹・敏子さんによれば、下山治平さんは昭和二十四年に亡くなった。かつて、一さんの入営時にわざわざ台湾を訪れて祝い、また一さんの結婚に大いなる影響を与えた治平さんだが、戦後、台湾から息子たちを呼び寄せる働きかけをしたのか、しなかったのか。それは不明だ。ただ、治平さんからの強い働きかけがあったなら、ピッコタウレさんの昇天後、一家が日本引き揚げに踏み切った可能性は大きい。ところで、大正十三年頃台湾を離れ、日本で事業を営んでいた治平さんにはそれなりの財産があったと想像されるが、一さんがその分与を受けたという話は聞こえてこない。のちに宏さん夫婦が日本に移り住み、飲食業を始めたが、この際の資金は治平さんの財産を受け継いだ異母弟から出たと、わたしはみている。つまり台湾に残ったフミヱさん夫婦は、その気になれば日本の親族に金銭的援助を求め得る立場であった。その金があれば、いつでも台湾を出国することができたはず。しかし、夫婦が日本の親族に助けを求めることはなかった。

ピッコタウレさんの亡き後も、マレッパに残ったフミヱさんと一さん。日本人であるがゆえに痛い目に遭い、貧困を極めながら、それでも日本に帰ろうとしなかったのは、これまた、永遠の謎である。本文では「養女に出した次女の存在」「一家を、日本社会がどう受け入れるかの不安」「金銭的事情」「マレッパの親戚の反対」などに触れたが、その他「フミヱさん、一さん、それぞれの親子事情」も絡んでくるのでは、そんな思いが残る。

とはいうものの、結果として「帰国を選ばなかった」事実があるからといって、フミヱさんが「積極的に、帰国への切符を捨てた」とは、とうてい思えない。やはり心のなかでは常に「帰りたい」切実な念を抱えていたろう。なお、新婚時代、父から「子供一人くらいなら養えるから、日本に連れて帰りなさい」との手紙を受け取っているフミヱさんは、戦前、実際に夫婦喧嘩をするたびに日本に帰ろうと思ったという。だが、女一人、幼子を連れ、荷物を抱えて長距離の移動をするのは無理とあきらめた。「終戦前、お父さんに帰って来なさいと言われたときに帰ればよかった……」わたしの愚問を最後まで聞くことなく、彼女は「本当にね」と言葉をはさみ、愚問の続き「って、思うことある？」に、「ええ、ありますよ」と頷くのだった。そんなやりとりなどを重ねていくうちに、わたしは、彼女が「望んで日本を捨てたのではない」ことを確信していった。

なお、一九七〇年代後半、ヤワイタイモさん（日本人警察官・佐塚愛祐の妻）は日本へ行き、日本の地で死亡。その後、佐塚昌男さんも日本へ行き、日本の地で死亡。そして一九九〇年代、宏さんとその妻（佐塚愛祐の娘・豊子）も日本で死亡した。日本行きを断固と拒みマレッパで亡くなったピッコタウレさん、台湾永住の道を貫いた一さんとは、あまりに対照的な彼らの晩年である。そもそも、各々の立場が違うのだから、それをどうこう言うつもりはない。ただ、こうしたところからも、一さん・フミヱさん夫婦の台湾への根の張りようを覗けると思うのである。

その六、中華民国と日本

昔も今も、タイヤルの血をひく女性に惚れこんでしまう日本男性は少なくない。かつては認知を受けられない、日本男性の子供が山地で生まれることも珍しくなかったようだ。その裏には、山の女を手篭めにする日本人警察官の姿が見え隠れする。そして戦後、神様はどんなロマンの芽を蒔いているのかわからぬが、正式に籍を入れて日本に嫁いでくる山地の女性たちがいる。

無鉄砲な推測語りは当事者に迷惑をかけてしまうと、本文では低い声になってしまったが、実のところ、わたしは、一さん一家と、弟の宏さん一家の行方の違いが気になっている。一さんの五人の子女はみな台湾社会に根っこを張り、今も元気に台湾で暮らしている。一方、宏さんの子供のうち、台湾に残っている者はいない。一人息子は台湾で死亡。二人の娘は日本で（ともに配偶者は日本人）、二人の娘はアメリカで生活を築いているらしい。加えるならば、佐塚昌男さんが再婚で授かった娘も日本に嫁いでいる。戦後何年も経ってから、宏さん家族や佐塚昌男さん家族は「日本との再びの縁」を作ったわけだ。「たまたまそうだった」といえばそれまでなのだが、わたしの目には「子供世代の生き方には、親の姿勢が強く影響している」と映る。一さん家族に関していえば、日本への期待を過剰に抱かないフミヱさん夫婦の日頃の言動が、娘と息子に、しっかりと中華民国に根を張ることを教えたのだと。また、一さんの亡くなられたあとも、彼の子供たちは日本からの訪問者を分け隔てなく手厚くもてなして下さるが、これは、かつての一さんとフミヱさんの在り方がそのまま引き継がれているのだと、わたしは感じている。（本文のなかで宏さんが台湾を出国したのちの立場について「政治犯」という言葉を使った。これはある方から聞いたことであり、わたし自身が当時の台湾の法律と照らし合わせて裏をとったわけではないことを、ここで断わっておく。なお、宏さんの出国当時、台湾はまだ政治的緊張感の強い社会であった）。

話は変わる。本文でも紹介したが、下山家は今も、霧社事件で犠牲となった日本人の慰霊搭の頭頂部を大切に祀っている。日本が中華人民共和国と国交を結んだあと破壊された慰霊搭の残骸を見て、日本政府の関係者が「いつかきっとなんとかするから」と、その一部の保存を一さんに頼んだという話は、フミヱさんから、また長女の和代さんからも聞いた。（「日本政府の関係者」と表わすのは、当事者の立場を断定するのに迷いがあるからである。父からその話を聞いたという和代さんによれば「昔、まだ大使館あったとき、台湾にいる日本の大使、霧社にきて、見たら（慰霊搭が）壊している（壊れている?）。見てね、この頭（の部分）だけ残して、と父ちゃんに頼んだ。あのとき二十何人日本人きたって」とのこと）。日本と中華民国が断交しようというこの時期、大勢の日本政府関係者が、わざわざ台湾中部の山里に足を運んだことからも、日本国にとって霧社がどういう土地だったのか、窺い知ることができる。それにしても、日本と台湾の決別を象徴するような〝慰霊搭の頭〟を、台湾総督府の忘れ形見である一さんに託すとは……。「いつかきっとなんとかするから」は、「いつか」のまま、こんにちにいたり、植民地の落とし子である下山家族に守られている。

その七、照り返す鏡

一人の日本人女性の人生を見つめるなか、台湾山地となんの縁もなかったわたしが、「植民地台湾」「日本人と台湾山地人の結びつき」を、かつてあった歴史話ではなく、今も続く出来事として知ることになった。

初めて霧社を訪れたときだったろうか、霧社のバス停に立つわたしの耳に「雨が止んだねえ」と、日本の言葉が飛び込んできたのには驚いた。振り向くと、そこには年配の男性が二人。平地人のおじさんが山地人のおじさんに話かけたのだろう。霧社には、数えきれないほどの日本のシミがあった。霧社ばかりではない、取材の合い間に遊びに行った霧社以外の山地人の土地にも、日本のシミは点々と残っていた。酒飲みの席で「君が代」をうたってくれるおばさん、畑に出るときは必ず日章旗を掲げるというおじさん、台湾には今もそんな人々が暮らしている。

日本は台湾を植民地としてまだ日の浅いころから、ゆくゆくの地理的利便も考え、中央山脈方面に注視していたのだろう。やがて隘勇線を進め、ぼつぼつと霧社近郊の村々を日本の手中に収めていった。霧社事件という民族の戦いを経ながらも、第二次世界大戦時には、先住民のなかにすっぽりと「日本皇民」の意識がはまっていた。そして、終戦。本文のなかで「マレッパという辺鄙な山奥に身を寄せていたことが、戦後の日本人一家の命を救った」そんな見方を示したが、マレッパを降りたあと居を構えたのが霧社だったから、その後もフミヱさんたち日本人家族は日々をおくっていけたのだろう。霧社一帯には、中華民国となっても、「日本」を想ってくれる人々が大勢いた。もしもフミヱさんの〈嫁ぎ先〉が霧社でなかったら、戦後、彼女は日本に戻って来たのではないか、と、今になってわたしは思う。「一さんと結婚したのではない、霧社と結婚したのだ」というフミヱさんの言葉を先に紹介したが、やはり、フミヱさんはある意味で、「霧社と結婚した」女性だったのだ。

霧社は不思議な土地である。戦前は「日本村」を築き、戦後、霧社事件研究者や蝶の収集家などの日本人を吸い寄せてきたばかりでなく、戦後三十年も経ってから「霧社会」（霧社に所縁のあった日本人と山地人の親睦会）を作らせ、そして二十一世紀になってまだ、わたしのような一旅人の足をも向けさせるのだから。霧社の、いったいなにが日本人を吸い寄せるのか。水豊かで緑濃いその器が、日本人の原風景に通じるような気もするし、そこに住む人々の心と心の距離のとり方が日本人と似ているような気もするし、なにより、霧社一帯には「日本びいき」という言葉では片付かない、もっと奥深い力が潜んでいるような気もする。これは単なる感傷だろうか。

そんなことをつらつら考えていくと、霧社に嫁ぎ、霧社に残った日本人女性フミヱさんの人生の、なにをわたしは訝っていたのだろう、「霧社」という鏡に照り返され、これまでずっと続けてきた問答が滑稽なものにも思えてくる。

「霧社の花嫁となり、戦後も台湾社会のなかで生きた」人生のひとつひとつを紐解いていけば、ドラマチックなストーリーが隠れているとの考えが、まだわたしのなかでくすぶってはいるが、同時に、それは過剰な推し当てに過ぎず、現実は「なんとなく霧社が恋しくなって霧社に嫁ぎ、戦後もなんとなく帰国する機会を失ってしまった」だけとの見方も捨ててはいけないのだと思う。人生は積極的行為の連続ばかりで成り立ってはおらず、特にそう願ったわけでもないのに流され流されして「今」にいたることが往々にしてあるのだから。どんな特異な生き方に、まわりからは見られようと。そして、それこそが、かつてフミヱさんの口にした「運命」なのかもしれない。不甲斐ないまとめだが、これが、わたしの正直な感想である。

二〇〇五年初夏、フミヱさんは埔里の自宅で静養中です。台湾に嫁いで、今夏で満六十六年。これまでのご苦労を癒すのは容易でないでしょうが、愛する家族に囲まれて、少しでも心穏やかな日々を過ごされますようにお祈りします。

本書の執筆にあたっては、フミヱさんご本人をはじめ、彼女の五人の子供、台湾・日本にいる彼女の親戚や友人知人など、多くの方にお世話になりました。ありがとうございます。また、この四年余り、台北在住の柳本通彦さんには、いろいろな場面で助けていただきました。とても感謝しています。それから、書籍の発行まで導いて下さった草風館の内川ご夫妻にも、お礼を申し上げます。

◎主な参考文献◎
『故国はるか』草風館　下山操子・著／柳本通彦・編訳
『台湾・霧社に生きる』現代書館　柳本通彦・著
『台湾引揚・留用記録』ゆまに書房
『植民地台湾の日本女性生活史』昭和篇下　田畑書店　竹中信子・著
「台湾新報」一九四五年一月〜一九四五年十二月（一九四五年十月初旬以降は「台湾新生報」）
下山一の回想録（未刊）

◎本文に引用した歌曲◎
「戦友」（真下飛泉・作詞／三善和気・作曲）
「夕焼け小焼け」（中村雨紅・作詞／草川信・作曲）
「故郷の廃家」（犬童球渓・作詞／ヘイス・作曲）

霧社の花嫁——戦後も台湾に留って

二〇〇五年七月二五日　初版発行

著　者　杉本朋美（Sugimoto Tomomi）©
一九六八年生まれ。ＯＬ生活を経たのち、浮き雲人生に突入。
越南、琉球、台湾などを独り歩く。
著書『ハノイさんぽの時間』（凱風社刊）

装丁者　金田理恵
発行者　内川千裕
発行所　**草風館**
東京都千代田区神田神保町三—一〇
印刷所　（株）シナノ

Co., Sofukan
tel. 03-3262-1601
fax. 03-3262-1602
e-mai; info@sofukan.co.jp
http://www.sofukan.co.jp
ISBN4-88323-150-X